UNE PROMESSE

Paru dans Le Livre de Poche :

LE PETIT BONZI

SORJ CHALANDON

Une promesse

ROMAN

GRASSET

© Éditions Grasset & Fasquelle, 2006.
ISBN : 978-2-253-12114-5 – 1ʳᵉ publication LGF

À Stéphanie

© Éditions Denoël et Stephan Joli, 2006
ISBN : 978-2-253-12114-5 — 1re publication LGF

Au-delà du cercueil l'âme me restera,
Et pour vous consoler le ciel me donnera
La place de votre bon ange.
Conservez avec soin tout ce que j'ai chéri ;
Gardez mes vers, mes fleurs, mon oiseau favori,
Je serai là, que rien ne change !

Hippolyte VIOLEAU.

La visite de Léo
à Étienne et Fauvette

— La visite, murmure Étienne Pradon.

Fauvette ne répond pas. Assise à la table aux coquelicots, elle remplit ses grilles, des lettres de case en case jusqu'à en oublier le temps. Lorsqu'elle est dans son jeu, Fauvette n'écoute rien de la maison. Ni les pas de son mari dans le couloir, ni la petite horloge suisse, ni leur silence, ni aucun des bruits du dehors. Étienne marche vers la penderie. Il dit que la veilleuse du grenier vient de s'éteindre, qu'il faut remplacer l'ampoule, qu'il doit en rester une neuve dans le carton à électricité. Il parle comme ça, tout haut, pour lui seul comme à son habitude. Puis il s'arrête contre la porte et se tourne vers elle en disant :

— La visite.

Fauvette Pradon lève les yeux. Elle observe son vieil homme. Il a son front de peine, ses rides profondes, ses paupières lourdes et la bouche en soucis. Elle enlève ses lunettes, les laisse retomber au bout de leur cordon. Elle penche la tête.

Elle l'entend à son tour. Un pas traînant qui vient

sur le gravier. Léo Mottier. Il racle ses semelles sur les marches humides. Il est devant la porte. Il tousse. Il tire le cordon qui entraîne la cloche de l'entrée. Un coup furtif, respectueux, un timbre de politesse.

Étienne ferme les yeux. Il s'est adossé au mur. Sur le perron de *Ker Ael*, des chaussures familières froissent trois pas. Maintenant, Léo doit reculer pour regarder la façade, les volets clos, l'entrée du jardin, la remise et sa fenêtre cassée. Il doit être mains sur les hanches, la casquette de travers, la cigarette éteinte au coin des lèvres.

— Il va frapper, murmure Étienne.

Léo frappe deux coups sur la porte de son doigt replié. Il attend un peu.

Fauvette remet ses lunettes et reprend son jeu. *Niche pour chien ?* demande la définition. Neuf lettres. Elle fait rouler son crayon entre ses doigts, mâchure les marges de petits mots d'essai, pose la pointe sur les cases une à une, laisse en trace un piqué de graphite comme une virgule inquiète. Elle a trouvé *Péril* pour *Grand danger*, *Radieuses* pour *Rayonnantes*, mais pas de *Niche pour chien*.

Derrière la porte, Léo tousse encore. Il repart. Ses talons ferrés sur les marches, le gravier, la barrière qui se referme, grince et puis claque. On l'entend qui relève son vélo. Il monte en selle, grelotte un coup de sonnette, crisse trois coups de pédale et s'en va.

— C'était Léo, dit Étienne.

Il reste adossé au mur, à l'autre bout du couloir,

dans un recoin d'obscurité. Il observe sa femme. Il a le cœur serré. Ce soir, il la trouve plus pâle et ses cheveux plus rares. Nous sommes en plein été et elle a sa peau de novembre. Fauvette, son jeu, ses mains fripées de brun, la toile cirée aux coquelicots. Elle laisse aller son regard de fleur en fleur jusqu'au bout de la table.

Son mari entre au salon, marche jusqu'au buffet et prend le *Livre de Visites*. Il regarde la petite horloge suisse.

— Six heures six, dit-il.

Il tire sa chaise sur les tommettes, pose le cahier bleu sur la table, l'ouvre, prend un stylo dans son gilet et met ses lunettes.

« *Mardi 4 août, 18 h 06*, écrit Étienne. *Léo Mottier a sonné la cloche deux fois et frappé la porte deux fois.* »

— Tu as trouvé une ampoule pour la veilleuse ? demande Fauvette.

Étienne secoue la tête.

Elle se lève, va dans la penderie, prend un carton sur l'étagère et le pose sur le guéridon de l'entrée. Elle cherche, au milieu des vieux fils et des culots de lampe ourlés de brun. Elle relève la tête. Elle a trouvé une ampoule à vis, ovale et torsadée. Elle la pose sur la table, devant son mari et retourne à sa chaise.

— Voici ton ampoule, dit-elle.

Étienne observe Fauvette. Elle tapote une case, mordille son crayon. *Niche pour chien ?* Elle a son air fourbu. Sa ride de joue qu'elle appelle fossette. Son sourire de paix lasse.

*
*

Le sourire de Fauvette. Le sourire qu'elle lui avait osé au banquet de Valsûr, après la procession de la Fête-Dieu, au soir de leur première rencontre. Un sourire de mai, échappé de derrière les regards adultes, les dos, les voix levées par le vin. Un sourire d'enfant, en éclat, en fragments, un sourire pas fini, un brouillon de sourire, le sourire d'une gamine à un gamin dans la cohue des rires. Puis ils se sont perdus et se sont retrouvés. Cinq mois plus tard. C'était un dimanche. Il y avait un an que la famille Pradon s'était installée au bourg, après la mort du père. Étienne et Fauvette se sont croisés à la bourse aux vêtements d'Ambrié. Fauvette était avec sa mère. Étienne promenait Lucien, son petit frère.

— Comment va ta pauvre maman ? lui a demandé madame Lefeuvre en faisant son bruit de nez.

— Pas très bien, a répondu Étienne.

— Elle sait qu'elle peut passer nous voir quand elle veut ?

— Elle le sait, merci.

La mère s'était retournée vers sa fille.

— Et toi tu devrais tenir compagnie à Étienne au lieu de me suivre partout comme un chiot.

Fauvette avait souri. Sa fossette, ses yeux, ses cheveux rouges en pluie. Pour moquer sa mère,

Fauvette a fait le canard avec ses lèvres, les collant l'une à l'autre en un bec arrondi. Et puis madame Lefeuvre a repris son chemin, comme ça, dos tourné à sa fille, à Étienne, à petit Lucien, remontant à grands pas l'allée centrale, son cabas vide balancé à bout de doigts. Fauvette Lefeuvre avait quinze ans. Étienne Pradon, dix-sept et Lucien juste quatre. Fille de veuve, fils de marin perdu. Il faisait soleil. Ils sont restés sur ce trottoir d'automne. Elle a pris la main de Lucien. Sans y penser, parce qu'il était petit, pour mieux marcher de front. Étienne le tenait par la droite, Fauvette par la gauche et ils sont allés le long des tables, des caisses, des cartons, des tissus fatigués, ils sont allés sans se parler, sans regarder rien, sans rien voir non plus, elle avec son sourire, lui avec son cœur, tous deux pour la vie, avec Lucien qui les assemblait.

**
*

Niche ? Chien ? Fauvette cherche comme on flâne, cœur ailleurs. Étienne ferme le cahier de visites, le glisse sous l'album au timbre rouge, derrière le bougeoir en forme de chat assis. Puis il revient à table et tapote distraitement l'ampoule sur la toile cirée.

— Aide-moi, dit-elle.

Elle retourne son journal, le fait glisser le long des coquelicots.

Niche pour chien ?

Il regarde la définition, ressort son stylo et picore les cases. Une, deux, trois, quatre, cinq, six, sept, huit, neuf. Chaque carreau vierge est pailleté. Le gris de Fauvette, le bleu de son mari. Il cherche un instant pour rien. Il soupire, puis renonce.

— Je vais changer l'ampoule, dit-il.

Fauvette l'entend qui bruisse dans le couloir, puis qui monte les marches. Elle l'entend au-dessus d'elle, qui passe devant la porte de leur chambre, qui longe le corridor, qui gravit l'escalier de bois menant au grenier. Les yeux baissés, elle écoute le silence de son vieil homme.

La petite horloge suisse tinte la demi-heure. Ce n'est pas une sonnerie, ni une clochette, ni rien qui ressemble à une musique du temps. Lorsqu'elle sonne, l'horloge fait le bruit d'un ressort qui cède. Fauvette reprend la page de journal, défroisse le bord qui était sous son coude.

Niche pour chien ?

Au grenier, Étienne dévisse l'ampoule de la veilleuse puis la secoue près de son oreille. Lorsque son père l'a fabriquée, la veilleuse éclairait au pétrole. Plus tard, après la mort de ses parents, Étienne a électrifié la lanterne marine.

C'est trois ans après leur mariage qu'Étienne et Fauvette ont acheté *Ker Ael*. Longtemps Étienne a cherché une maison orientée à l'ouest, avec un grenier et une fenêtre haute, dégagée, sans obstacle jusqu'à l'horizon. Une fenêtre que l'on puisse voir de loin.

— Une fenêtre qui soit connue du ciel, disait-il.

Ker Ael s'appelait *La Foucaudière*, du nom d'un ruisseau qui coule plus au nord près de Saint-Loup-du-Gast. Une belle maison, juste à l'entrée du bourg, avec un grand salon, une cheminée ancienne, une chambre à l'étage, une alcôve, une remise adossée aux grosses pierres d'enceinte, un jardinet ouvrant sur la route et un grenier. Un grenier comme il fallait pour installer la veilleuse de son père, avec une lucarne ronde, épaisse comme un sabord de muraille. La première fois qu'ils ont visité la maison, c'est dans le grenier qu'Étienne est allé tout d'abord. Fauvette était au salon, assise sur une chaise, au milieu de la pièce. Elle regardait autour. Elle imaginait la commode, le buffet, la table, la toile cirée rougie de coquelicots, le bougeoir en forme de chat assis, la bibliothèque. Étienne, lui, est monté sans un mot. Il est allé au grenier, il a posé son front contre la fenêtre, il a regardé le ciel jusqu'à l'ouest, jusqu'après la forêt, jusqu'au plus loin de tout. Il a senti monter les larmes. Il a cogné du poing contre la pierre du mur, puis est redescendu en disant que oui, ils prenaient la maison.

— La chambre est comment ? a demandé sa femme.

— Quelle chambre ? a demandé Étienne.

Fauvette a ri.

Ils ont emménagé un samedi. Le soir même, Étienne rebaptisait la maison. *La Foucaudière* a pris le nom de *Ker Ael*, un lieu-dit de son enfance. Et

puis ils sont montés au grenier, installer la veilleuse
devant la lucarne et la rallumer, pour la première
fois depuis le 20 septembre 1930, lorsque la mère
d'Étienne l'avait éteinte en pleurant son mari. Fauvette n'a rien dit. Elle est restée là, bras croisés
contre la porte ouverte. Elle a regardé Étienne
poser la lampe contre la vitre, puis actionner l'interrupteur doré, avec plus d'émotion que s'il ranimait
une flamme de triomphe.

*Le bosco, son café,
et ceux de la promesse*

Au carrefour Bois-Huchet, Léo Mottier tend le bras à droite, arrête son vélo et pose le pied à terre.

— Tu as même peur de ton ombre ! Tu vois bien qu'il n'y a personne devant ni derrière, alors avance ! lui disait sa femme.

— Un jour il t'arrivera un accident ! répétait Léo en la regardant pédaler en zigzag au milieu de la route.

— Au moins je ne mourrai pas d'ennui ! riait-elle en se retournant.

Angèle Mottier est partie le 2 février de l'année dernière, au matin, renversée par un camion de chantier sur la départementale, entre Chantrigné et La Vaucourbe. Elle roulait dans la brume, au milieu de la route. Elle a brusquement fait demi-tour sans se soucier du camion qui arrivait. Le chauffeur n'a rien pu. Il a heurté Angèle par le travers. Elle a glissé sous le châssis, couchée sur le côté, assise sur sa selle et les mains sur les poignées. Elle a été traînée sur plusieurs mètres, la robe prise dans la calandre et une jambe arrachée. Elle a été enterrée comme ça, en deux.

Au carrefour Bois-Huchet, Léo met toujours le pied à terre. Il le fait ici et aussi là-bas, ailleurs, partout, dès que deux rues se croisent, dès que la chaussée s'étrangle, dès qu'une voiture, dès qu'un klaxon. Souvent même, il guide son vélo à la main et voyage sur les trottoirs. Il dit qu'il aime ça. Pousser sa machine, sentir la lourdeur du cadre, entendre les roues lasses, marcher comme on promène un animal à soi.

— Bien la peine d'avoir un vélo pour trottiner à côté ! moquait Angèle.

Et Léo lui tirait une langue enfantine.

C'est à la mort de sa femme, qu'il a compris pourquoi il avait peur de la route. Pourquoi, depuis l'enfance, il marchait à côté des vélos, pourquoi il n'avait jamais passé son permis de conduire, pourquoi il se collait aux murs quand un moteur le grondait. Il avait peur parce que sa femme allait mourir. Elle ne le savait pas. Il ne le savait pas. Personne ne le savait. Mais lui, à six ans, quand on lui a offert sa première bicyclette, lorsqu'il l'a vue, toute rouge, toute neuve, toute haute, appuyée contre le mur de la maison grise, il a eu peur et il a pleuré. Il a pleuré sans savoir pourquoi.

La rue du Moulin est vide, personne ne vient de Bois-Huchet. Léo attend encore un peu. Il regarde le mouillé sur le sol. La pluie a cessé. Il fait presque chaud. Il a soif. Il jette le mégot qui collait à sa lèvre et remonte sur sa selle. Il tousse. Il tourne dans la pente Landry et laisse aller le vélo jusqu'au café du bosco, doucement, les pédales pour rien et les freins qui crissent.

Le bosco, c'est Lucien Pradon, le petit frère qui marchait main à main entre Étienne et Fauvette à la bourse aux vêtements d'Ambrié. Il y a quinze ans, Lucien rachetait le café du bas bourg. Une pièce étroite et longue qu'il a fallu percer d'une large fenêtre. Lucien a gardé le bois du bar, les poutres au plafond et aussi la ceinture de cuivre qui cernait la salle à hauteur d'homme. Le bar s'appelait *Chez Claudius*, mais personne n'a jamais su pourquoi. Lucien Pradon avait gratté le nom sur la porte vitrée, repeint la façade en beige, enlevé le store de la devanture et remplacé *Chez Claudius* par *Le café du bosco*. Personne, jamais, n'allait chez Claudius. L'endroit était triste et sombre, humide comme un égout. La patronne s'appelait Josette. Elle remplissait les verres à larmes comptées et vérifiait deux fois le contenu de la soucoupe verte. Dès qu'on lui tendait un billet, elle le faisait craquer à son oreille. Pas bonjour, pas au revoir, pas merci. Aucun sourire jamais. Des cheveux blancs en désordre, deux yeux de mulot, pas de lèvres, un tablier gris sans manches passé sur sa robe et des savates qui froissaient le parquet. Pendant la guerre, il paraît qu'elle s'amusait avec les Vert-de-gris. À la Libération, elle a croché le drapeau français à sa fenêtre et le bourg n'a plus parlé de rien.

La jeunesse n'allait pas *Chez Claudius*. Elle préférait *L'Espérance*, le café du haut bourg. Il y avait un baby-foot, un juke-box et des cigarettes pour les clients. Avec le temps, *L'Espérance* a installé la télévision dans un angle de mur. Le dimanche matin, les anciens pouvaient même y jouer au PMU. *Chez Claudius*, il n'y eut bientôt plus que Josette, son chat, une vieille cliente dont on ne savait pas le nom, l'horloge au mur et le poêle à charbon. Un matin d'avril, Josette n'a pas ouvert son café. Un mot cerné de noir a été collé sur la vitrine, avec un voile de crêpe au-dessus de la porte. Elle était morte au pied de son lit, une ou deux nuits plus tôt. Tombée comme ça, le cœur sec.

D'abord, Lucien Pradon a aéré la pièce. Il a ouvert les fenêtres du premier, un chiffon noué sur le bas de son visage. L'endroit sentait le chat, la pisse, et le silence. Puis il a tout repeint en blanc. Il a ciré le bar, les poutres, il a accroché une patère dans le fond et punaisé des affiches de Bretagne. Au-dessus du bar, il a suspendu une grande glace, chinée à la brocante de Bagnoles-de-l'Orne. Il a installé le buste en plâtre d'un athlète de l'Antiquité sur l'étagère à liqueurs et le modèle réduit d'un thonier de Groix, aux voiles rouges et aux tangons dressés.

Le jour de l'ouverture, tous ceux de son enfance étaient au rendez-vous. Et puis d'autres aussi, qui venaient en curieux. Le vin était gratuit. Il y avait des tartines, des parts de gâteau, des cacahuètes salées.

— Pas de télé, avait dit Lucien. Ça casse la conversation.

Pas de musique non plus. Le long bar, huit tables rondes, des chaises en bois et des tapis de cartes roulés derrière la machine à café. C'était il y a quinze ans. Les curieux ne sont pas restés. Ceux de l'enfance et quelques voisins viennent ici chaque jour comme on rentre chez soi.

— Tu as vu le diable ? demande le bosco.

Léo s'avance vers le comptoir, sa casquette de côté.

— Qu'est-ce que j'ai ?

— Demande à la glace.

Léo regarde le grand miroir, par-dessus l'épaule du patron.

Le chemin a creusé ses joues. Le col de sa chemise est ouvert et un pan de sa veste, relevé. Il a le tour des yeux noir et la peau grise.

— Tu m'offres le verre de promesse, Bosco ?

Il servait déjà. Un vin de soif, bien frais, bien blanc, bien plein, tellement, que le liquide bombe au-dessus du verre.

— À plat-bord, dit le bosco en poussant le ballon.

Léo trempe ses lèvres. Une fois encore, il interroge son reflet. Il le fait à la dérobée, comme ça, entre l'alignement des bouteilles. Il regarde sa tête de Léo. Une figure toute longue, toute triste, toute seule, maigre comme ses grandes mains. Il regarde son désordre de cheveux blancs, ses sourcils qui buissonnent et ses yeux presque clos. Il s'observe, la tête en arrière, les lèvres à peine posées sur le verre. Il boit comme il se presse, à la nuit, lorsqu'il pousse son vélo sur le trottoir et se terre dans l'ombre à l'arrivée de phares. Il boit sans soif, sans joie, sans rien. Il repose son verre. Il regarde les tables qui bruissent. Il regarde dans la glace, la partie de cartes qui se joue. Il regarde le visage grêlé de Berthevin, que tout le monde appelle l'Andouille. Il regarde le dos voûté de Paradis, prêt à reprendre son gilet à la patère, à faire tinter ses clefs et à sortir en criant à la triche. Il regarde aussi Martin Guittard, qui se fait appeler Ivan parce qu'il a les idées rouges drapeau.

— Tu reviens de *Ker Ael* ? demande le bosco.

— Oui, j'y suis passé, répond Léo en regardant son verre vide.

— Et ?

— Et rien. J'ai ouvert la barrière, j'ai sonné la cloche et j'ai frappé la porte plusieurs fois.

— Tu n'avais pas pris de clef ?

— Non.

— Tu aurais pu faire un tour à la cave.

— J'aurais pu.

Léo répond au bosco comme ça, machinal, en regardant les bouteilles, et un peu les tics de l'Andouille, un peu la casquette de Paradis, un peu Ivan, qui lit *Le Courrier* en froissant chaque page de colère ouvrière.

— Quand tu dis que tu as sonné la cloche, tu veux dire quoi ?

Léo regarde le patron.

— Que j'ai tiré dessus.

— En réfléchissant à ce que tu faisais ?

— Attends, je commence à avoir l'habitude.

— Réponds à ma question.

— C'est quoi, ta question ?

— Tu as tiré la cloche sincèrement ou juste pour venir me dire que tu l'avais fait ?

— J'ai tiré la cloche comme s'ils allaient m'ouvrir.

— Alors c'est bien, dit le bosco.

Léo tend son verre. Il le tient par le pied. Il a soif. L'été lui coule dans le dos. Le vélo, la matinée, la pluie, tout ce temps passé en sueur aigre.

Le bosco verse. Il regarde Léo regarder le vin. Il repose la bouteille derrière le comptoir puis prend son torchon et soulève la tablette qui mène à la salle. Il marche vers la partie de cartes, essuie une table vide, une chaise. Il fouille dans son tablier, pose un cendrier vide sur le plein et regarde Berthevin qui abat un valet.

— On m'a dit que tu avais entendu un bruit à *Ker Ael* la semaine dernière ?

— Un bruit, oui, dit Berthevin en levant les yeux.

— Quelle sorte de bruit ?

— Je ne sais pas. Un bruit dedans.

Léo quitte le comptoir, son verre à la main. Il tire une chaise et s'assied à la table.

— Un bruit de quoi, demande le bosco. De pas ? De voix ? Comme quand il y a des rôdeurs ?

— Non, un bruit comme quand il y a du vent.

— Du vent ?

— Ou des feuilles mortes, des chuchotements, quelque chose comme ça.

— Tu es entré ?

— Ben oui, pour voir.

— Et ?

— Et rien.

— Tu es allé à l'étage ?

— Non.

— Au grenier ? À la cave ?

— Non. Je me suis juste arrêté au salon.

— Et il n'y avait rien de dérangé ?

— Non.

— Tout était en place ?

— Oui, je crois. Je ne me suis pas attardé.

Le bosco pose ses mains sur le tapis vert. Ses manches sont relevées. Ses avant-bras sont larges comme la cuisse d'un bœuf. Il se penche. Une clef de *Ker Ael* balance à sa chaîne de cou. Il regarde Berthevin et les autres joueurs. Il a les lèvres serrées, les épaules larges et lourdes, les yeux presque clos. Une cicatrice lui abîme la joue, elle le griffe profond du coin de la bouche à l'oreille droite. Quand Lucien Pradon parle, il murmure doux. Jamais un mot de plus. Il laisse aller ses regards et ses gestes. Il écoute et se tait. Quand il se fait bosco, lorsqu'il est en colère, ou énervé, ou las, ou juste au bout du jour, il a son front de pierre, son regard de taureau, les mains blanches et la voix qui gronde. Il parle en détachant chaque mot, comme on s'adresse à un enfant distrait.

— Et donc, c'est tout.

— C'est tout.

— C'était quand ?

— Mercredi, pour mon jour de visite.

— On note ça ? demande Léo.

— À mon avis, ça ne vaut pas la peine, répond Berthevin.

— C'est encore moi qui décide, dit doucement le bosco.

Berthevin se lève. Il remonte sa ceinture, rentre sa chemise dans son pantalon.

— Moi, je dis que ça ne vaut pas. Maintenant, tu as raison : c'est toi qui vois Bosco.

Berthevin regarde Paradis, Léo, Ivan, il regarde aussi le jour qui s'apaise.

— Allez, j'y vais, dit-il.

Il traverse la salle, fait tinter la porte, reste un peu sur le trottoir, relève le col de son blouson léger et tourne à gauche, en traînant son pas du soir.

— Bon, ben pareil, soupire Paradis.

Des deux pouces, il ajuste son pantalon aux hanches, fait claquer ses bretelles, choque ses clefs, ouvre la porte et sort dans la rue pour retrouver sa mobylette. Derrière lui, Ivan s'est levé aussi. Il grogne une toux grise et remet sa casquette de toile.

— Bien le bonsoir, dit-il.

Le bosco les regarde partir. Ivan et Paradis. Ivan et sa barbiche, son caban de marine. Ivan et sa fumée en traîne. Ivan et son front abîmé. Ivan et son regard moqueur, toujours, qui défie chaque pierre grise du bourg comme un ennemi de classe. Quand c'est lui qui ouvre la porte, le carillon du bar semble enroué. Il tinte lugubre et faux. Après lui, la porte ne se ferme pas, elle claque. Sur le trottoir, il y a toujours une flaque d'eau qui guette sa chaussure, un orage qui le mouille, un enfant qui le bouscule, une voiture qui le frôle. Ivan se dit malchanceux. Ivan vit seul au milieu des complots.

Le bosco regarde Paradis, qui pousse sa mobylette pour la faire démarrer. Sa casquette de chasse à rabats sur les oreilles, son bleu, ses bottes de travail, son gilet plein de poches, sa jambe qui traîne et les dizaines de clefs qui pendent à son bouton de bretelles.

*

— C'est quoi toute cette ferraille ? avait demandé Ivan à Paradis.

C'était il y a longtemps. Ivan venait d'Argentan. Il avait été brigadier de manœuvres à la SNCF, licencié pour avoir fait le coup de poing pendant une grève. Il avait trouvé une embauche d'ouvrier ajusteur à la gare de Mayenne. Il buvait son verre au comptoir du bosco. Il bourrait lentement sa pipe de tabac gris. Il ne connaissait rien, personne, ni les noms, ni les prénoms, ni l'histoire de *Ker Ael*, ni la légende de la veilleuse. Il était nouveau au village. Il ne s'appelait pas encore Ivan, mais Martin Guittard, le nom de son père et le prénom que sa mère lui avait donné. Paradis était à l'autre bout du bar, devant son ballon de bière, le gilet ouvert et les clefs en essaim qui battaient sa cuisse à chaque pas. Des dizaines de clefs. Des clefs à gorge, des clefs à chiffres piquetées d'ancien temps, des clefs forées, tubulaires, à pompe, à goupille, des clefs d'aujourd'hui, des clefs à double panneton, des clefs de malle, d'horloge, de bagages, de voiture, d'armoire, de l'acier, du laiton, du doré, du vieux rouillé de grange.

Paradis a regardé Ivan.

— Quelle ferraille ?

— Ben... Les clefs, là. Toutes ces clefs, avait répondu Ivan.

— C'est les clefs de chez moi, avait répliqué Paradis.

Ivan avait sifflé en secouant la main.

— Vous vivez dans un coffre-fort ?

Paradis avait fini son verre sans répondre. Il avait refermé son blouson sur ses clefs, remis sa casquette de chasse et quitté le bar en boitant.

Le bosco nettoyait la machine à café. Il faisait siffler la vapeur comme quand saluent les trains.

— Pas très causant, a dit Ivan.

— Vexé, peut-être, a lâché le bosco.

— Vexé ?

Lucien Pradon s'était baissé. Il avait sorti une bouteille entamée de sous le comptoir puis tiré à lui le verre du nouveau et versé du vin blanc sur le fond qui restait.

— On dit que vous venez de Normandie ?

— Argentan.

Dans la salle, ils étaient seuls, le bosco et Ivan.

— Quand Paradis s'est installé ici, il n'avait nulle part où loger, explique le bosco. Il était garçon de ferme. Tout ce qu'il possédait, c'était une vieille mobylette rachetée au fils d'un paysan. Il nous faisait croire qu'il avait trouvé une chambre à Ambrié. Et un matin, au début de l'hiver, on l'a retrouvé complètement gelé dans la chapelle Liseré.

Le nouveau écoutait, verre à la main, pipe en lèvres.

— Vous connaissez la chapelle ?

Il a secoué la tête.

— Vous la verrez en allant vers Grandmare. C'est une ruine sans toit, sans porte, juste des murs et des ronces. Les gens s'arrêtent ici pour chier et les gamins y font du feu.

— Et il était là ?

— Oui. Il vivait là. Il avait mis des cartons, du plastique et il venait y dormir.

— Il avait un travail ?

— Ici ou là, il aidait dans les fermes.

Le verre du nouveau était vide. Le bosco a levé le bras, pris un ballon pour lui et reversé du vin.

— Et puis ?

— Quand on a appris ça, on a décidé de lui trouver un toit dans le pays.

— Vous avez trouvé ?

— Oui, mais pas tout de suite. D'abord, il s'est

installé à *Ker Ael*, chez mon frère Étienne et puis on lui a trouvé une chambre juste en face du cimetière.

Le bosco boit son verre.

— Le lendemain, Paradis est venu au bar avec la clef de sa chambre, passée dans un anneau et accrochée à un bouton de bretelles. Il l'avait serrée en main toute la nuit, tellement fort qu'il avait une marque bleue dans la paume. Il marchait en la faisant rebondir. Avant d'entrer ici, il est passé trois fois devant la vitrine, rien que pour voir son reflet. Il était tellement fier qu'il a voulu payer sa tournée de bière. Le lendemain, Berthevin lui a offert la clef de sa vieille Simca.

— Pourquoi ?

— Comme ça. Pour qu'il ait deux clefs à son trousseau. Paradis était tellement content que Madeleine lui a donné une clef de cadenas doré. Ça lui en a fait trois. Et puis le professeur est arrivé un jour, avec une petite clef de bronze. Il l'a posée ici, sur le comptoir, pour lui. C'était une clef ancienne, avec deux sphinx qui entouraient l'anneau.

— Et ça a continué ?

— C'est ça. Léo Mottier a offert une clef d'antivol de vélo qui appartenait à sa femme, et tout le pays s'est donné le mot. Même les gendarmes de Mayenne m'ont déposé une vieille clef de menottes en disant que c'était pour Lepoûtre.

— Il s'appelle Lepoûtre ?

— Oui, juste Lepoûtre. Il dit qu'il n'a pas de prénom, que sa mère l'appelait *Petit trois* parce qu'il était le troisième. Il raconte qu'il avait huit frères, que son père était manœuvre agricole, que sa famille était originaire du pays de Vitré, en Bretagne, et qu'ils vivaient entassés dans une soupente de grange. Quand le fermier lui a loué la chambre contre un peu de travail, Paradis a dit que c'était la première fois qu'il avait un chez-lui.

— Et pourquoi vous l'appelez Paradis ? a demandé le nouveau.

— Une idée comme ça, à cause du trousseau de saint Pierre, a répondu le bosco en haussant les épaules.

Paradis est monté sur sa mobylette. Ivan a tourné dans la rue. Léo Mottier et Lucien Pradon restent seuls.

— Alors, on fait quoi pour le bruit qu'a entendu Berthevin ? On note ou on note pas ? demande Léo.

— Toi non plus, tu n'as rien vu, rien entendu, tu n'as rien remarqué aujourd'hui ?

— Rien.

— Rien du tout ?

— Rien.

— Pas de lumière non plus ? Lundi, Paradis m'a dit qu'il avait vu un rai de lumière par les volets de la chambre, comme une lampe de rôdeur qui se baladait.

— Non, rien. Rien du tout. J'ai tiré la cloche, j'ai frappé la porte et c'est tout.

Le bosco se lève lourdement, passe derrière le bar et baisse la tablette. Il prend son carnet de bord. Il l'ouvre, s'accoude, lit quelques lignes, prend un crayon dans son tablier, va pour écrire, hésite, essuie un rond de verre avec sa tranche de main, regarde Léo et lui tend le carnet.

— Berthevin a raison pour le bruit, ça ne vaut pas le coup. Tu as qu'à juste noter ta visite d'aujourd'hui, dit le bosco.

Léo écrit de la main gauche, tête penchée, doigts en serre d'oiseau, à petites phrases brèves, carnet ouvert sur le comptoir. Puis il le tend au Bosco, qui le range sans lire, entre les comptes et le Bottin de Mayenne.

— Un dernier ?

— Le dernier, dit Léo en regardant dehors.

Il n'aime pas ce jour qui traîne, ce pluvieux de presque automne. Il aime que tout soit net, que le matin soit matin, le midi midi et le soir soir. Il n'aime pas ces nuits qui n'osent, ces jours qui agonisent et qui filtrent aux volets alors qu'il est au lit.

Le bosco hisse les chaises sur les tables. Il éteint des lumières. Il pousse le verrou de la porte pour empêcher son seuil. Il va dans son réduit. Il revient avec un seau et un balai.

Léo n'aime pas non plus cet instant de mouillé, la serpillière qui flaque, ce sol sans plus rien de leurs pas.

— Allez Bosco, dit Léo.

— Allez Léo, répond le bosco en tirant le verrou.

Avant de prendre son vélo, Léo regarde le ciel et enfonce sa casquette. Il se dit que la pluie n'en a pas eu assez. Qu'elle va revenir. Qu'il faut qu'il se dépêche. Surtout, il se dit qu'il ne va pas remonter sur la selle. Qu'il va pousser son engin dans la pente en râpant le mur avec sa manche. Il se dit que ce soir, il ne voit pas très droit.

— Un jour, tu mourras écrasé par un trottoir ! avait ri Angèle.

Alors Léo marche, son vélo à côté. Il rentre chez lui, c'est vide. Comme Ivan, comme Paradis, comme Berthevin à qui sa femme ne parle plus depuis cinq ans. Il rentre parce qu'il le faut. Il se regarde passer dans les vitrines mornes.

Voici pourquoi l'Andouille
et le surnom d'Ivan

Fauvette a son sourire en coin. Lentement, elle enlève ses lunettes et les laisse retomber au bout de leur tresse.

— Tu as entendu ? demande Étienne.

Il regarde sa femme. Dans un instant de lumière, il a cru revoir le flambant de ses cheveux. Elle lève ses yeux gris, ramène derrière l'oreille une mèche du même argent. Elle hoche la tête en posant son crayon.

— Tu crois qu'il va entrer ?

— Il devrait, dit-elle.

Distraitement, elle regarde sa définition. *Domaine de l'andouille*. Six lettres. *Ânerie*. Elle avait trouvé la réponse bien avant que Berthevin ne passe la barrière.

— C'est comme un fait exprès.

— Quoi ?

— J'ai un mot avec *andouille* dedans.

Étienne va à la fenêtre. Il regarde le trottoir à travers les volets clos. Berthevin est seul. Il est resté sur le seuil, clef en main. Il n'est pas entré. Déjà, il sort du jardin. Il a laissé la barrière ouverte. Il est dans la rue. Il lève la tête et observe la fenêtre de la chambre, à l'étage.

— Alors ? demande Fauvette.

— Je ne sais pas ce qu'il fait.

— Il est dans le jardin ?

— Non. Il est dehors. Il retourne à sa voiture.

Fauvette remet ses lunettes. Elle dessine un *A* dans la première case.

Berthevin est remonté en voiture. Il ferme la portière. Il se regarde dans le rétroviseur, passe une main sur son visage tout grêleux de vérole.

— Tu oublies quelque chose Henri, murmure Étienne.

Comme s'il avait entendu, Berthevin sort de la voiture et referme la barrière avec précaution.

— Et voilà, dit Étienne, alors que le moteur crachote. L'Andouille nous a fait sa petite visite.

— Il pourra toujours leur raconter qu'il est venu, sourit Fauvette.

Étienne va à la commode et prend le cahier bleu.

Fauvette lève les yeux.

— Tu ne vas pas noter ça ?

Son mari la regarde, regarde le bougeoir en forme de chat assis.

— Pourquoi pas ? Il est venu quand même.

— Venu ?

Étienne fait la moue, hésite un peu, range le cahier et prend à sa place l'album au timbre rouge.

— Parce qu'autrement, il n'y a plus qu'à noter

chaque fois que quelqu'un passe dans la rue, continue Fauvette en se levant.

Son mari s'assied à table, ouvre l'album, prend la loupe puis saisit le timbre rouge et le lève à hauteur des yeux. Il l'observe. Il le tient serré entre les mâchoires d'une pince, le fait tourner dans la pénombre. C'est un 30 centimes dessiné par Becker et gravé par Daussy, émis le 23 mai 1924 pour saluer les jeux Olympiques de Paris. Fauvette reprend place. Elle termine le mot *ânerie*. Sa belle écriture bleue, penchée avec soin, ses pleins tout épais d'encre, ses déliés transparents. Elle sourit toujours. Elle pense à Berthevin l'Andouille. Elle l'imagine maintenant pousser la porte du café, entrer chez le bosco, prendre son grand air fourbu, remettre bien fort la clef de *Ker Ael* dans la boîte à café, cocher la date sur le calendrier et attendre son verre, avec un geste impatient des doigts sur le comptoir.

— Tu penses à quoi ? demande Étienne.

Fauvette le regarde. Il a collé son œil à la loupe et levé la tête pour mieux suivre chaque sillon de la gravure.

— Tu ne t'en lasses pas, hein ?

— À quoi pensais-tu ? reprend le mari.

— À Berthevin et à ton frère, dit Fauvette en enlevant ses lunettes.

— Il va passer par le café, tu crois ? demande Étienne.

— Il faut bien qu'il remette la clef en place.

Étienne repose le timbre sur la table. Il cale sa

joue dans sa main et le regarde longuement. Fauvette sourit.

— Tu crois que quelqu'un prendra soin de ton bout de papier dentelé quand nous serons partis ? demande Fauvette.

— Ce n'est pas un bout de papier.

Étienne la regarde. Elle a placé ses mains entre ses cuisses, elle fait sa moue. Elle fait l'enfant. Il a envie de sourire. Il ne peut pas. Il ne sourit plus, jamais. Il n'a plus ri non plus depuis novembre.

— Allez, raconte-moi encore Milon de Crotone, dit-elle en se rapprochant.

— Tu te moques.

— Mais pas du tout.

Étienne hausse les épaules, prend sa pince, soulève le timbre de la toile cirée et le place entre eux deux, à hauteur de regard.

— La première fois que j'ai parlé de Milon de Crotone aux enfants, ils ont ri. Ils l'appelaient *la crotte* ou *le crotton*. Alors je n'ai gardé que Milon. Le premier jour, je leur ai raconté l'histoire des jeux Olympiques, de la force de Milon, de ses victoires sur les autres lutteurs. Et là, ils ont cessé de rire. Ils écoutaient, ils me regardaient en silence quand je mimais les combats sacrés.

— Tu me mimes un combat sacré ?

— Tu vois.

— Quoi ?

— Tu te moques.

Étienne repose le timbre.

— Mais non, je te trouve très émouvant et très beau.

— On arrête là.

— S'il te plaît !

Il glisse le timbre sous la bande transparente.

— Allez ! S'il te plaît ! supplie sa femme.

— Une autre fois, murmure Étienne en refermant l'album.

Il se lève lourdement, marche vers la commode et range l'album entre le livre de visites et le bougeoir au chat assis.

— Si tu avais deux timbres dans ta collection, tu préférerais lequel ? demande encore Fauvette.

— C'est une collection, dit Étienne en tournant le dos.

Il retourne aux volets clos, regarde le jour qui baisse.

— Un seul timbre, ce n'est pas une collection, dit Fauvette.

— C'est une mémoire.

— Un seul timbre ?

— Et toi ? Avec ta grille de mots que tu remplis à l'infini.

Il revient à table. Il se tait. Elle se lève, tire sa chaise et s'assied à son tour. Ils sont là, l'un face à l'autre, tête baissée. Il lisse sa paume de main. Du doigt, elle suit le contour des feuilles de coquelicots.

— Il ne faut pas qu'on se parle comme ça, murmure Fauvette.

Étienne hoche la tête, les yeux baissés.

— Si nous sommes restés, c'est pour que tout soit paisible et doux.

L'homme regarde sa main, sa peau d'obscurité.

— Dis-moi oui, reprend la femme.

— Oui, murmure-t-il.

Elle a raison. Il le sait. Ils doivent s'enlacer fort, se tenir par les yeux, se protéger, ils doivent ne jamais se quitter du cœur.

— Je mimais très bien les combats sacrés, dit encore Étienne.

Fauvette a remis ses lunettes. Elle ne peut s'empêcher de sourire. *Romantique*, dit la définition. *Sentimental*, écrit Fauvette.

Elle l'observe. Il a les lèvres sèches. Il regarde sa femme. Elle lève les yeux. Ils se tiennent assis, comme ça, sans mot dans le sombre qui gagne.

— Je t'aime, dit Étienne en tendant la main sur la table vers elle.

— Pareil, vieil homme, sourit Fauvette, en tendant la main sur la table vers lui.

— J'ai remis la clef ! crie Berthevin en refermant la boîte.

Le bosco est assis dans la salle, à la table d'Ivan et de Léo.

— Sers-toi, lance le bosco sans se retourner.

Berthevin soulève le clapet de bois et passe derrière le bar. Il se baisse, sort la bouteille de pro-

messe et se sert un ballon. Puis il reprend sa place,
et boit le vin à petites gorgées tremblantes.

— Rien à signaler ? demande le bosco depuis la
table.

— Non, rien, répond l'Andouille.

Le bosco observe Ivan et Léo. Ils tiennent leurs
cartes serrées, leurs yeux baissés, leurs lèvres
mornes. Ils ne parlent pas. Ils abattent leur jeu
comme on pose une main lasse.

— Pas de gamin dans le jardin ? Pas de carreau
cassé ?

— Rien de rien.

Le bosco se lève. Il s'approche de Berthevin qui a
fini son verre. Il le regarde, mains sur les hanches.

— Tu es bien entré dans la maison ?

— Oui.

— Tu es monté à l'étage ?

— Oui, j'ai fait le tour.

— Le lustre du salon ? Le lampadaire bleu ?
L'applique du couloir ? Le plafonnier de la cuisine ? La salle de bains ?

— Oui, oui, tout.

— Tu as aussi vérifié la veilleuse au grenier ?

— Évidemment.

— Tu l'as laissée allumée en partant ?

— Bien sûr que oui.

— Donc tout marche ? Lumière partout ?

— Partout.

Le bosco prend le carnet à spirale rangé contre
l'annuaire et le tend à Berthevin, main fermée sur
son verre vide.

— Vas-y toi, écris, tu es plus lisible que moi, dit Berthevin.

Le bosco le regarde. Il ouvre le carnet.

— Ce n'est pas fait pour être lu, dit-il en tournant les pages.

— Non mais je sais aussi que je fais des fautes d'orthographe.

Le bosco sourit. Il observe encore Berthevin. Sa façon tête baissée, son pied qui bat le sol comme s'il fouillait la terre.

— Alors donc, reprend le bosco, je note que tu as éclairé chaque pièce de *Ker Ael*.

— C'est ça.

Berthevin fait claquer sa langue, on dirait qu'il cherche un morceau entre ses dents. Il fait aller et venir son verre vide dans une flaque de vin renversé.

— Alors je note que tout va bien, reprend Lucien Pradon.

Il coche le calendrier d'une croix rouge puis ouvre le carnet, tire un crayon de sa poche de tablier et écrit :

« *Vendredi 7 août, midi. Berthevin est allé dans le jardin et la maison…* »

Le bosco lève la tête.

— Tu me dis que tu as aussi visité le premier étage ?

— Oui.

Il commence à écrire, s'arrête un instant, hoche la tête puis observe la salle, le verre vide du visiteur, sa peau mitraillée, son regard de soif. Il écrit.

« ... *Il dit qu'il a allumé le couloir, la chambre, le salon, la salle de bains, la veilleuse, toutes les lampes de* Ker Ael. »

— Voilà, dit le bosco. Tu veux lire ?

Berthevin lève une main, secoue la tête, dit non.

Lucien Pradon range le carnet, remplit le verre de promesse une nouvelle fois. Puis il tire le torchon de dessus son épaule, regarde Berthevin boire son vin à petits regrets, essuie l'étagère au-dessus du bar, la bourse en tissu brodé qui garde la terre de Groix, et le buste de Milon de Crotone.

— Comment va Clara ? demande le bosco.

— Elle va, répond simplement Berthevin.

***

Aujourd'hui même, cela fait cinq ans que Clara Berthevin n'a plus adressé la parole à son mari. Quand dans la rue on l'appelle madame Berthevin, sa femme ne se retourne plus.

— Je suis une Saulnier, comme mon père et mes frères, répond toujours Clara Berthevin.

À table, dans le séjour, couchée la nuit tout au bord de leur lit, elle ne répond même plus à son mari. Ni par oui, ni par non.

Pendant quelques semaines, les gens ont fait comme s'ils ne remarquaient rien, et puis un jour, le bosco a posé la question à Berthevin.

— Alors ? Comment ça a commencé ?

— J'ai fait un peu une connerie, a répondu Berthevin.

— C'est quoi, un peu une connerie ? a demandé le bosco.

— J'ai essayé d'embrasser la mère de Clara.

— Ta belle-mère ?

— Ma belle-mère.

— Mais quand ?

— À la fête des moissons.

Il a raconté ça un dimanche matin, juste après la messe. Le bosco allait fermer son café. Le comptoir était plein. Il y avait Étienne et Fauvette. Il y avait Ivan, qui venait de s'installer au bourg. Il y avait Paradis et ses vingt premières clefs. Il y avait Léo et Angèle Mottier. Il y avait Madeleine et d'autres encore, assis aux tables, qui juraient qu'ils finissaient leurs verres en buvant à gorgées de moineaux.

— La mère de Clara ? a repris le bosco.

— Sa mère, a répondu Berthevin.

— Putain !

C'est Paradis qui a juré.

Odette Rebours, une grosse dame très ancienne, qui marche avec deux cannes au milieu de la rue en criant aux voitures qu'elles n'ont rien à faire là. Odette Rebours, épouse Saulnier, mère de Clara Berthevin, qui sent si fort le rance, l'aigre et l'urine que les enfants l'appellent *La Pouâh* en se bouchant le nez.

— Putain ! a dit Paradis.

Berthevin avait baissé les yeux. Il passait le doigt en rond sur son dessus de verre. Tout le monde s'était rapproché. Dans la salle, les autres parlaient haut. Autour du bosco, tout était murmuré.

— Mais comment ? Comment ça, embrassé ? a demandé Léo.

Berthevin a poussé son verre vide en direction du bosco. Il avait trop bu. Il parlait comme on mâche. Il regardait les autres en fermant un œil pour faire le point.

— C'était un 7 août, à la fête des battages de Saint-Ruault.

— Tu avais forcé sur le kir, a dit le bosco.

— Personne n'en voulait, du kir. C'était compris dans le repas et tout le monde laissait son verre. Comme j'ai bu celui de Clara et celui de ses frères, les copains ont commencé à me refiler leur apéro.

Léo a hoché la tête. Fauvette a souri. Madeleine a dit qu'elle se souvenait bien.

Il avait fait chaud toute la journée. Une chaleur à sauterelles par milliers dans les herbes. Un grand chapiteau vert et blanc était dressé dans un pré, à l'entrée du bourg, et de longues tables installées pour le banquet. Sous la toile, l'air était en sueur. Les hommes portaient des chemises manches courtes à carreaux clairs. Il s'essuyaient le front, casquette relevée. Les femmes gardaient au bras leur gilet pour le soir. Les gens étaient venus de partout, de Mayenne, de Saint-Georges, d'Ambrières. À l'extérieur, il y avait une démonstration de moissons à l'ancienne. Des faucheurs battaient le blé au fléau, des chevaux de labour tiraient des carrioles, de vieux tracteurs crachotaient leur fumée bleue. Pour la photo, Paradis était monté sur un Percheron 25 CV de 1948. Une grosse machine verte aux phares jaunes et ronds comme des yeux de grenouille.

L'après-midi traînait en soir. Un groupe de vieux chanteurs se grisait de passé. À l'extérieur, les gars faisaient griller de l'andouille et des saucisses aux herbes pour le dîner. Quelques nuages traînaient. Le soleil descendait lentement. Fauvette avait levé son verre devant ses yeux, pour mêler le doré du cidre à l'éclat de lumière. Tout était reposé.

— D'accord, j'avais sûrement un peu bu, a raconté Berthevin, mais quand la saucisse à l'herbe est arrivée dans mon assiette, j'ai gueulé en disant que dans le menu, c'était soit saucisse, soit andouille. Que c'était écrit dans le journal. Que j'aimais pas les saucisses. Que je voulais mon andouille purée.

— J'étais en face de toi, lui a rappelé Léo. Tu avais au moins trente verres de kir dans le nez.

— Je les buvais cul sec.

— Tu as menacé quelqu'un, non ?

— J'ai dit que si j'avais pas d'andouille, je foutrais le feu à la salle communale.

— On sait ça, Berthevin, mais comment tu en arrives à embrasser la mère Rebours ? a coupé le bosco.

— Je ne sais pas. Des gens chantaient « *de l'andouille pour Berthevin !* », j'ai balancé mon assiette par-dessus la table, j'ai renversé tous les gobelets avec le bras et après, je me souviens plus bien. Je me suis retrouvé dans la rue. Il faisait encore tiède et pas encore trop nuit. La belle-mère attendait que je la raccompagne. Elle était sur le trottoir avec ses cannes. Elle me disait que j'étais trop saoul pour conduire. Elle ne voulait pas que je l'aide à s'installer dans la voiture. Elle s'est laissé tomber à l'arrière, jambes écartées. Elle puait fort. J'allais fermer la porte et je l'ai regardée. Elle avait ses cheveux relevés, on voyait son cou, ses bras, sa robe orange était remontée sur ses genoux, elle s'était mis du bleu aux yeux, du rouge aux lèvres et aux joues, elle me regardait comme si elle avait peur. Je ne sais pas ce qui s'est passé.

— Tu l'as embrassée ? a demandé Ivan.

— Personne ne t'oblige à raconter, a dit Étienne.

Berthevin avait baissé la tête. Il avait son tic de bras, une contraction nerveuse à la saignée.

— Je me suis jeté sur elle, je me suis jeté comme si je tombais, en coinçant mon genou sur son ventre. J'ai pris sa tête entre mes mains, je l'ai maintenue très fort et je l'ai léchée. J'ai léché ses yeux, ses joues, son front, sa sueur, j'ai mis ma langue dans sa bouche, je la tenais par les cheveux, j'ai passé mes mains sous sa robe, dans son soutien-gorge, j'ai touché ses cuisses, le dedans de sa culotte, tout.

— Et elle ? a demandé le bosco.

Berthevin a baissé la tête.

— Elle ne faisait rien.

— Elle ne disait rien ?

— Elle ne disait rien.

— Et comment t'as arrêté ?

— Quand Clara est venue en courant. Elle m'a giflé. Elle criait que j'étais dégueulasse, que sa mère était vieille et que j'étais fou.

**

Une pluie fine tapote la vitre. Le ciel est tout épais d'orage.

C'était il y a cinq ans aujourd'hui. Cinq ans que Berthevin est appelé l'Andouille en mémoire de cette ivresse.

— C'est bon, là. Ça suffit. Tu rentres, dit le bosco.

— Celui-là, je le paie, répond Berthevin.

Le patron retire son verre et le noie dans le bac à eau.

— Ce n'est pas une question de payer, c'est une question de voiture.

Berthevin reste au bar. Il se retourne, ferme un œil pour mieux voir la rue.

— Bon, allez, direction maison. C'est l'heure de manger, gronde le bosco en passant devant le bar. Il prend l'Andouille par l'épaule, l'emmène à la porte comme il lui donnait la main pour traverser la nationale, lorsqu'ils étaient enfants.

— Je connais le chemin, mâchonne Berthevin.

— Moi, je te connais, sourit le bosco.

Il ouvre la porte, enlace toujours Berthevin, sort avec lui sur le trottoir, interroge le ciel triste. Les nuages s'amassent plus à l'est, au-dessus de La Bazoge-Montpinçon.

— Un peu d'eau de pluie te fera du bien.

L'Andouille hausse les épaules. Il n'a pas envie de rentrer.

— C'était il y a cinq ans, dit-il.

— Je sais. C'est pour ça que tu ne veux pas t'en aller ?

— Tu parles. Si tu faisais restau, je serais bien resté.

— Et hôtel, tu dormirais à l'étage, c'est ça ?

— Tu ne voudrais pas me raconter une histoire pour la route ?

Le bosco a desserré son étreinte.

— Tu es drôlement secoué, sourit-il.

Berthevin regarde Lucien Pradon, massif, adossé à la vitre humide. La clef de *Ker Ael* pend à son cou. Il porte un maillot rayé de marine. Il passe ses mains dans ses cheveux gris, il écoute le silence du vendredi.

— Je ne vais pas fermer tard, dit le bosco.

L'Andouille s'installe au volant, ferme la portière, met le contact.

Du bout de l'index, le bosco frappe deux coups à sa vitre.

— Quoi ?

— Tu es bien entré dans la maison ?

— La confiance règne, soupire l'Andouille.

Il remonte sa vitre, lève une vague main et démarre en cahotant.

Lucien Pradon regarde la voiture qui s'éloigne, rechigne, toussote une fumée grise et noire. Après le tournant de Bois-Huchet, il entend une vitesse mal passée qui hurle à la ferraille.

Puis c'est le silence.

Une fois encore, le bosco contemple le ciel. Il inspire fort. Il regarde la route qui emmène au-delà. Aujourd'hui, il a bu. Chaque vendredi, il boit. Il trinque à la promesse. Il s'en sert deux derniers quand tous s'en sont allés. Il boit parce que samedi est son jour de visite.

Le samedi matin, Ivan aère *Ker Ael*. Depuis bientôt dix mois, chaque semaine, il ouvre les fenêtres en grand pour qu'entre le dehors. Le bosco lui, se réserve la nuit. Une fois tout retombé, sans bruit, sans voix, sans plus rien que ses pas lorsque tout est désert. Il est le seul à entrer dans la maison au jour mort. Lucien Pradon est le frère d'Étienne, le beau-frère de Fauvette. Il a le droit. C'est lui qui a décidé de son jour. C'est lui qui a dit que ce serait très tard, à l'heure ténèbres, quand tout dort au pays. Il observe la route qui emmène au-delà. Elle tangue. Le vin soulève le trottoir et malmène les mots. Il ferme les yeux. Comme ça, juste pour faire sombre. Pour sentir les maïs qui frisent jusqu'à Grange-Buron, les forêts qui fougèrent, les nuages qui grisent, les ronces qui mûrent, la lumière qui palpite. Il sourit. Il ouvre les yeux. Il entre dans son café.

— Ivan, tu pourrais changer l'ampoule de la veilleuse, demain ? Tu verras, c'est une petite ampoule ovale. Il en reste une dans le carton à électricité, sur l'étagère de la penderie.

Ivan se retourne, ses cartes à la main.

— Pourquoi ? Tu crois que l'Andouille ne l'a pas fait ?

— Je sais qu'il n'est pas entré, répond le bosco.

Il prend la boîte ronde derrière le bar, l'ouvre et sort une clef à l'anneau scié.

— Il y a longtemps que j'aurais dû la balancer dit-il, en jetant la clef dans le sac-poubelle accroché au placard.

— Il a pris une clef qui ne marchait pas ? demande Léo.

— Il ne pouvait pas deviner.

Léo éclate de rire. Il laisse tomber son jeu sur le tapis vert.

— Et tu lui as quand même servi le verre de promesse ?

— Trois verres. Pas un, trois.

— Pourquoi ?

— Pour qu'il ait un peu honte et qu'il me dise la vérité.

— Et c'est raté ?

— Et c'est raté.

Léo se retourne. Ivan fouillait dans le tas de cartes.

— Te gêne pas Ivan.

— De quoi ?

— Tu cherchais une carte dans la pioche.

Alors Ivan prend sa pose. Il cogne légèrement la table du poing. Un poing de travailleur, d'honnête homme, bien serré, bien fermé, lourd comme une masse d'arme. Puis il fronce les sourcils et passe

lentement son pouce droit sous son revers de veste.
Ensuite, il se penche vers l'autre, bouche mauvaise.

— Pardon ? dit-il.

Léo le regarde. Il n'aime pas ce geste ni ces
yeux-là.

— Laisse tomber, répond Léo.

— J'aime mieux ça, lâche Ivan en reprenant son
jeu.

Il se détend, ouvre son poing, libère son pouce,
laisse ses sourcils revenir à son front abîmé. Il
regarde sa paire de rois. Il regarde aussi les lèvres
soucieuses de Léo. Il regarde le bosco, assis sur son
tabouret d'angle. Ivan sourit comme s'il avait
vaincu.

⁂

Un jour, juste avant guerre, lorsqu'il était encore
en Normandie, lorsque le tramway reliait Trun à
Carrouges, quand la gare d'Argentan montrait
encore ses briques, il y avait eu une grève dure chez
les compagnons du rail. Le meneur était un communiste de la Sarthe, venu exprès de Mortagne-au-
Perche pour parler à la société cheminote. Il s'appelait Félicien Morice, il était dans les bureaux, facteur
aux écritures, un petit homme gris au regard de
fièvre. Ivan avait seize ans. Il rêvait aux manettes de
poste de la bifur Sainte-Anne. Il était apprenti
manœuvre, arpète, un rien-du-tout sans même un
uniforme. Il aidait au transport des traverses, il grais-
sait les brodequins de travail, il balayait le dépôt,

il servait le café aux agents. Un soir, Ivan était assis devant la foule qui écoutait Morice. Le petit homme parlait de respect et de dignité ouvrière. Il tendait sa casquette froissée dans son poing gauche, le pouce droit passé sous son revers de coutil. Les gars avaient les larmes aux yeux, tous. Les chauffeurs de route, les cantonniers, les commis, les pointeurs. Même Pantxo, le grand Basque surveillant de ronde, même Müller le chef de train, tous les hommes étaient emportés par ses mots. Et Ivan regardait tout ça. Il allait d'une larme à l'autre, avec sa bouche ouverte. Il regardait Morice, penché sur les regards, sa casquette frappant l'air, le pouce de l'autre main prisonnier du revers. Il voyait ce petit homme grandir. Et plus il parlait, et plus il grandissait. Il le regardait capturer un à un les regards mouillés, lutter du poing, des mots, des sourcils froncés. Un instant même, les yeux de Morice ont frôlé les siens. Et c'est bien après, des années plus tard, lorsqu'il est devenu un homme, avec une casquette étoilée, affecté au dépôt comme brigadier de manœuvres, qu'Ivan a compris le geste de Morice. C'était une fin de service. Il était assis sur son banc de vestiaire à lacer ses souliers. À côté de lui, le vieux Guillo ouvrait son casier. Dans ce casier, sur la porte en fer, l'ouvrier avait collé une photo de Lénine. Le révolutionnaire parlait à la foule. Il était sur une estrade, en plein air, légèrement penché en avant, il avait sa casquette à bout de poing et le pouce de l'autre main passé sous son revers de manteau. Ivan est resté comme ça, stupéfait, penché sur ses lacets et le regard levé. Il a regardé le poing fermé, le pouce caché. Il a frémi. Il a compris. C'était le geste. Le geste de la fierté, de la dignité. Le geste de la bataille. Le geste que le peuple tremblait à travers sa colère. C'était le geste de Lénine, le geste de Félicien Morice, et puis c'est devenu le geste d'Ivan.

— Un jour, on balaiera tout ça ! il avait murmuré.

— Balayer quoi ? lui avait demandé le bosco.

Ivan était au bourg depuis longtemps. Déjà, il en faisait partie. Il avait son surnom, sa place au café, ses habitudes et ses colères.

— Tout ça Bosco ! Saint Pierre, Dieu, la religion, la propriété, tous ces trucs qui jettent les hommes à genoux.

C'était une veille de Noël. Le café était plein. Il y avait les hommes, des femmes et même quelques enfants à jouer contre la vitre. Paradis a levé son verre à l'année d'après. Il a boité jusqu'à Ivan, qui faisait le sombre juste sous la patère.

— On trinque ? il a demandé.

— À quoi ?

— À Noël, au jour de l'an, aux fêtes.

Ivan a pris son visage désert. Celui qui est soucieux, quand il pose son front abîmé dans sa main.

— Un jour, on balaiera tout ça, a murmuré Ivan.

Paradis a ri. Berthevin aussi. Et quand le bosco est ressorti de la réserve en lui tendant son balai-serpillière, Ivan s'est levé en disant qu'ils étaient tous trop cons. Sa pipe tremblait en main. Il était en colère, mais pas seulement. Il était seul, aussi. La nuit était tombée depuis longtemps. Il avait relevé le col de son caban et enfoncé sa casquette ouvrière sur ses yeux. Sa barbiche tremblait. Il y a quelques années, lorsqu'il l'a laissée pousser pour accompagner sa moustache, Léo a dit que ça s'appelait une barbe à l'impériale et Madeleine lui a demandé s'il voulait ressembler au diable. Ivan a haussé les épaules. Il a traité Léo d'ignorant. Tout le monde a ri. Ça s'est arrêté là. Un dimanche matin, pour la partie de cartes, Ivan a posé une petite photo carrée sur la pioche, au milieu du tapis vert. Berthevin était là, et aussi Paradis, et encore Léo qui faisait quatrième. Ivan a pris sa place à table. C'était à lui de battre. Il ne disait rien. Il regardait les trois autres regarder la photo. C'était une image de lui, d'Ivan. De presque Ivan. Ivan en un peu plus vieux, en plus colère, avec un manteau de toile lourd comme un caban et une casquette à la main. C'était aussi son même visage jaune, son même crâne chauve, son même ruban de cheveux au-dessus des oreilles, sa moustache, sa même barbiche blanchie.

— Et alors ? a demandé Berthevin.

— C'est une photo pour vous expliquer.

— Pour nous expliquer quoi ? a demandé Léo.

— Pourquoi je porte une barbe comme ça.

— C'est qui, lui ? a interrogé Paradis.

— C'est Lénine, a répondu Ivan.

Le timbre rouge
et le carnet à spirale

— Regarde mieux.
Fauvette se penche sur le timbre.
— Regarde ce qu'il fait.
— Il fend l'arbre ?
— Il fend un chêne.
— D'accord, je le sais ça.
— Et il le fend comment ?
— À mains nues.
Fauvette regarde son vieil homme. Il est beau. Il a ses yeux limpides, son front de tourment, ses cheveux anciens, ses mains honnêtes. Il est là, penché sur un petit rectangle rouge. Il demande à sa femme ce que fait le lutteur grec gravé sur le timbre. Cent fois, il le lui a dit. Mille fois, il a raconté Milon de Crotone, fils de Diotime, disciple de Pythagore, chef de guerre et athlète. Vainqueur d'Olympie, des jeux Pythiques, des jeux Isthmiques. Milon de Crotone, qui portait un bœuf sur ses épaules comme un berger porte un agneau. Fauvette regarde son vieil homme. Elle parle doux, tranquille, tout aimante de lui.

— Il fend un chêne. C'est pour ça que tu tiens à ce timbre ?

— C'est pour ça.

— Parce qu'il fend un chêne ?

— Parce qu'il ne renonce jamais.

— Et qu'il meurt quand même, sourit Fauvette.

Étienne regarde sa femme. Elle est belle. Elle est là, dans leur nuit, tout près, attentive à ses riens. Elle pourrait dire ses mots avant qu'il ne les dise.

— Tu veux me faire plaisir ? demande l'homme.

— Je veux, sourit la femme.

— Alors voilà. Je vais fermer les yeux et écouter l'histoire de Milon de Crotone.

— C'est moi qui raconte ?

— Oui.

— Encore ?

— Oui, à beaux mots. Avec une voix de livre, comme à la bibliothèque.

Étienne pose les mains sur les coquelicots, bien ouvertes. Il penche la tête. Il ferme les yeux. Il attend.

Tout autour, *Ker Ael* est silence. Le salon, l'étage, la cuisine, la remise aux effraies, le jardinet de rue. Il fait grand jour dehors. Les volets sont clos. Étienne a tout éteint. Il n'a laissé que la lampe bleue de la bibliothèque. Il a fermé les yeux. Tic, tac, le bruit de la petite horloge suisse. Avec le pouce, Fauvette suit les coquelicots. Elle raconte. Sa voix est une soie frissonnante.

— Milon de Crotone était un lutteur. Le plus grand lutteur de l'Antiquité. Il était aussi un soldat.

Le plus grand soldat de l'Antiquité. Lorsque la ville de Crotone était attaquée, Milon chassait les assaillants à la masse, vêtu d'une peau de lion. À la fin de sa vie, alors qu'il se promenait seul dans une forêt italienne, il remarque un tronc de chêne ouvert en deux. L'âge, la foudre, le gel, il ne sait. Il veut tester sa force. Il veut finir de déchirer l'arbre à mains nues. Il plonge ses doigts dans le bois. Il tire, il ouvre, il écarte mais l'arbre se défend. Le chêne lutte, résiste, se referme soudain. Milon de Crotone n'a pas le temps de retirer ses mains. Il reste là, comme ça, l'arbre et lui prisonniers. À la nuit, les loups rôdent. Il ne peut rien. Ils l'approchent, ils l'entourent, ils l'attaquent et le dévorent.

Étienne ouvre les yeux. Il reprend une fois encore le rectangle brun-rouge. Il observe la frise grecque, il relit *VIIIe olympiade*, et aussi *Postes, France, Paris, 1924*. À la loupe, il déchiffre le E. Becker qui est à droite et le G. Daussy, qui lui répond.

— Voilà pourquoi je t'aime, dit Étienne.

Il s'étire. Il boit son verre de jus de raisin.

*

Ce soir, il a encore fallu bousculer Berthevin pour qu'il passe la porte. L'Andouille ne voulait pas rentrer chez lui, il pleurait dans son verre, il jetait des mots les uns contre les autres, il disait que sa femme était une garce, que Paradis ne se lavait pas, que Mottier était trouillard, qu'Ivan n'était pas communiste. Le bosco s'est approché de Berthevin, il l'a pris sous les épaules et déposé sur le trottoir.

— Mes clefs de voiture ?

— Elles restent là.

Et l'Andouille s'est calmé. Il est rentré chez lui à pied. Il a marché dans une flaque de pluie.

— Merde la vie ! il a dit, en secouant le bas de son pantalon.

Lucien Pradon tourne la tête. Il regarde son café dans la pénombre. Maintenant, il est presque minuit. Il n'a laissé allumée qu'une lampe au-dessus du bar. Deux phares balaient la vitrine comme un éclat d'orage. Il baisse les yeux, regarde le carnet à spirale. La visite du jour. L'écriture chaotique d'Ivan. Il lit.

« *Samedi 8 août, onze heures du matin. J'ai tiré les rideaux dans toutes les pièces. J'ai ouvert les volets du salon, les volets de la chambre, ceux de l'alcôve et ceux de la cuisine. J'ai ouvert toutes les fenêtres pendant une demi-heure. Ensuite, j'ai chanté* Le temps des cerises *pour Fauvette. J'ai changé l'ampoule de la veilleuse. Je n'ai rien constaté d'anormal.* »

Lucien Pradon relit les mots d'Ivan.

Il sourit. Il regarde ce *huit*, fabriqué par deux ronds assemblés. Il relit, et encore, jusqu'à ce que la voix d'Ivan lui parvienne.

« *Samedi 8 août, onze heures du matin* », dit Ivan. Une voix étrange, broyée, rocaille. Une voix de nez qui honore chaque mot. Une voix de radio ancienne, d'arrière-salle, de salon enfumé, de secret en oreille.

Le bosco regarde sa montre. Il a le temps. Il tourne les pages, revient en arrière. Il relit, il écoute.

« *Lundi 8 juin* », dit Paradis. Il n'écrit pas lui-même. Il dicte au bosco. « *J'ai ouvert les portes de la chambre, du salon et de la cuisine. J'ai remonté l'horloge. J'ai aussi ouvert et fermé la porte du grenier avec la clef qui est au clou.* » La voix de Paradis est une voix de distance, une voix de rôdeur, de déplacé, d'errant. Il parle comme on s'éloigne et comme on se méfie. À peine un mot, ici, là, et les yeux qui s'éteignent comme on tourne le dos.

« *Mardi 12 mai* », dit Léo. « *J'ai sonné la cloche deux fois et frappé à la porte. J'ai fait le tour du jardin. Quand je suis revenu à la barrière, deux gamins ont détalé de derrière le muret. À part le vieux carreau cassé de la remise, je n'ai rien remarqué d'anormal.* » Léo parle triste. Il parle maigre. Sa voix n'a plus d'éclat. Depuis la mort d'Angèle, il marmonne, il soupire, il lugubre.

« *Mercredi 29 avril* », dit Berthevin. « *J'ai allumé le lustre du salon, le bougeoir en forme de chat, la lampe bleue de la bibliothèque, le lampadaire, les deux lampes de chevet dans la chambre, l'applique du couloir et la lampe de la cuisine. J'ai aussi vérifié que la veilleuse était bien allumée.* » La voix de Berthevin est une voix mâchonnée. Il est ivre au matin et fatigué au soir. Il mouille ses mots, les bredouille, les ronronne. Il fait bouillie de phrases.

« *Jeudi 12 mars* », écrit Madeleine. « *J'ai défait les draps du lit, battu la couverture et arrangé les coussins. J'ai aussi fait couler de l'eau dans la salle de bains et dans la cuisine, dressé la table à dîner et fait la poussière sur les meubles. J'ai épluché des carottes pour la poubelle. J'ai cueilli des primevères pour le vase du salon.* » Madeleine chantonne. Elle sourit chaque mot, avec cette façon de rouler les consonnes en galets. « *Le pinson* », disait Fauvette lorsqu'elles se sont connues.

« *Dimanche 26 janvier* », dit Constant Blanche-terre. « *Après la remise aux effraies (4 pelotes de régurgitation), je suis allé dans la bibliothèque. J'ai allumé la luciole et je me suis assis à table avec une édition des* Pensées *de Pascal datant de 1843. Sur la page de garde, Fauvette avait écrit : "Tu vois mon Étienne, il pense, lui. Alors profites-en. Bon anniversaire." Puis j'ai lu deux lignes du livre à voix haute (l'article 61).*

La mort est plus aisée à supporter sans y penser, que la pensée de la mort sans péril. »

Le professeur Blancheterre parle content. Il a une voix de ville, de petit monsieur. Il parle sans blessure de rien. Il parle comme il regarde, bien droit, bien profond, bien clair. Il parle comme il boit son orgeat.

Le bosco referme le carnet. Il range le crayon dans sa poche de tablier, l'enlève, le suspend à la patère et se dirige vers la porte. Deux phares, encore. Une voiture qu'il ignore. Puis il éteint la dernière lampe du bar et baisse la grille.

Le bosco est dans la rue. Il regarde à droite, à gauche, il hésite entre la voiture et le silence. Il décide de marcher, et il marche en silence. La pente Landry, la rue du Moulin, le carrefour Bois-Huchet. Il marche comme il respire, lentement. Il semble économiser ses pas, son souffle, ses gestes, ses mots. Il a levé la tête. Il marche les yeux clos, il s'offre à la pluie. Une pluie d'août, une pluie de Mayenne, une pluie de vent d'ouest, froide, acérée, tenace. Le bosco a relevé son col de chemise. Il voit *Ker Ael* au loin, comme un solide amer. Sa façade dans le sombre, sa barrière peinte en blanc, son toit d'ardoises grises, ses pierres, la veilleuse qu'Ivan a rallumée ce matin. Depuis presque dix mois, la clef de *Ker Ael* est pendue à son cou. Il pousse la barrière ouverte. Il monte sur le perron. Il tire la cloche. Une fois, deux fois, pour le doré qui résonne. Il se penche. Il met la clef dans la serrure.

Il entre.

— Ton frère, murmure Fauvette.
— Je sais, répond Étienne.

Lucien Pradon allume la lumière du salon. Pas le lustre, pas non plus le lampadaire gris. Juste la petite lampe bleue de bibliothèque, celle que Blancheterre appelle sa luciole. Comme ça, le noir demeure, l'obscurité sentinelle. Elle est là, qui veille et qui protège. Debout au milieu de la pièce, le

bosco se signe. Toujours, il se signe. Il embrasse la
clef et esquisse une croix sur son torse. Le Père, le
Fils et le Saint-Esprit. Il tremble un peu. Ce n'est
pas l'émotion, pas non plus la tristesse. Ce n'est
rien. Juste un tremblement d'homme.

Il va au bougeoir blanc. Il prend l'album au
timbre. Il tire la chaise d'Étienne, il s'assied à la
table aux coquelicots. Il garde l'album en main. Le
temps de passer le doigt sur le corné des angles, le
vieux du cuir, le grain de peau. Il ouvre l'album. Il
retire le timbre rouge de sa bande transparente.

— Tu crois qu'il utilise la pince ? demande
Étienne.

— Laisse-le faire comme il l'entend, répond
Fauvette.

— Et s'il abîme mon timbre ?

— Son timbre.

— Il me l'a donné.

— Tu avais vingt-deux ans.

— Et alors ?

— Il en avait neuf.

— Et alors ?

— Et alors, tu le lui as repris, Étienne Pradon.

— Je l'ai retrouvé dans la poussière, sous son lit.

— Il ne te l'a pas donné.

— D'accord, mais j'ai sauvé le timbre.

— Ça, j'accepte.

Fauvette donne une bourrade à son vieil homme.
Ils reposent dans leur lit, à l'étage. Ils sont allongés
sur le dos, dans les draps frais que Madeleine a

remplacés jeudi dernier. Dans le vase en cristal, sur
le guéridon, près de la fenêtre aux volets clos, elle
a aussi disposé un bouquet d'hortensias roses et
mauves. Fauvette sourit dans l'obscurité. Elle fait
sa moue, comme ça, pour elle, juste pour creuser la
fossette barbouillée d'enfance. Étienne a placé son
bras sur ses yeux. Il écoute le silence d'en bas. Il
revoit son frère et les autres enfants, chacun leur
timbre en main, bouche ouverte. Ce même timbre
rouge, le timbre de Milon, cinq exemplaires, en
cadeau à chacun pour raconter la fin de l'histoire.
Des jours et des jours, il a été obligé de raconter.
Chaque fois, les enfants voulaient qu'il recom-
mence. Qu'il change la fin. Qu'il varie à l'infini.
Alors il mimait le chêne refermé sur les bras du lutteur, puis les loups, puis les tigres, puis les renards,
puis les ours, puis tous les animaux du monde et
Milon qui bataillait avec ses yeux, avec ses cris, avec
ses pieds, avec ses épaules toutes labourées de
griffes. Les enfants se taisaient. Le petit bosco voulait être lutteur comme Milon. Léo voulait être fort
comme Milon. Berthevin voulait être grec comme
Milon. Madeleine regardait sur le timbre le beau
Milon tout nu. Clara était amoureuse de Milon.
Quand ils jouaient ensemble, c'était à pourchasser
les lions de Mayenne, à porter des taureaux sur
leur dos, à courir des heures autour de l'étang.
Un soir, pour son frère seul, Étienne a raconté
comment Milon de Crotone s'était délivré de
l'arbre. Comment il avait tué les loups en les faisant tournoyer par la queue au-dessus de sa tête.

Comment il est mort beaucoup plus tard, noyé dans leur étang après avoir voulu se battre avec la foudre. Et il a entendu petit Lucien dire qu'il préférait l'histoire du loup. Qu'il aimait mieux la vérité.

Le bosco est penché sur le timbre. Il l'a posé dans le blanc de la nappe, entre un coquelicot ouvert et une fleur en bouton. Il passe son doigt sur le papier fragile. Il regarde en silence. Il suit le contour. Le mal dentelé, la frise grecque, le rouge passé. Milon est arc-bouté sur la souche. Il l'ouvre en deux et à deux mains comme une gueule de crocodile. C'était juste avant qu'il ne meure. Le bosco prend la loupe restée sur la table. Il regarde encore.

— Le loup est où ? avait demandé petit Lucien.

— Il attend son heure, avait répondu Étienne.

— Pourquoi on ne le voit pas ?

— Parce que le timbre est trop petit.

Le bosco regarde. En haut à gauche, il voit des traces anciennes de crayon vert.

— Tu me dessines le reste ? avait demandé petit Lucien. La forêt, le loup, tout.

— Alors Étienne avait posé le timbre sur une feuille de papier blanc et dessiné tout autour. Des arbres marron, des feuilles vertes et un loup noir caché derrière un rocher gris.

Le bosco prend la pince restée sur la table. Il saisit délicatement le timbre et le replace sous son abri. Il repousse la chaise d'Étienne. Il va à la commode. Il glisse l'album entre le bougeoir au chat et le livre de visites. Il effleure la tranche bleue

des doigts, n'ose, remet cela à plus tard. Et
retourne à la table.

Le bosco avait emporté le carnet à spirale. Il
l'ouvre. Il écrit :

« *Samedi 8 août, toujours. Il est minuit et demi. Je
suis allé à* Ker Ael. *J'ai ouvert l'album d'Étienne. J'ai
pris notre Milon de Crotone. Je l'ai regardé. Je l'ai
replacé dans l'album. J'ai remis l'album entre le bou-
geoir-chat et le cahier bleu.* »

Lucien Pradon se relève. Il éteint la lampe de
bibliothèque. Il ouvre la porte d'entrée, la referme,
donne deux tours de clef. Il descend les trois
marches. De la main gauche, il frôle la cloche, lentement, pour que le battant ne la heurte pas.

— À samedi, mon frère, dit le bosco en fermant
la barrière.

— À samedi, mon frère, répond Étienne, les
yeux fermés.

*Les pelotes de Blancheterre
et les doutes du bosco*

— Alors ? Qu'est-ce qu'on a là ? demande le professeur Blancheterre.

Quelques doigts se lèvent mollement.

— Je vous rappelle que nous n'en sommes qu'à l'étude des os. Nous verrons l'identification des proies dans un deuxième temps.

Le maître passe entre les rangs. Les élèves sont assis par deux. Sur chaque table, alignés sur du carton bleu, des os minuscules.

— Pinchet ?

— On a huit vertèbres, quatre os de la cuisse, quatre os de la jambe, un os du bassin, une mandibule droite et des dents, répond la lycéenne.

— Des dents ? demande Blancheterre.

Il se penche sur l'ossuaire.

— Il faut être plus précis que cela. De quelles dents s'agit-il ? Je vous rappelle que nous avons eu cette leçon la semaine dernière.

— Une molaire et deux incisives.

— C'est exact, dit le professeur en reprenant sa

marche, une molaire de mulot et deux incisives en biseau de campagnol.

Il s'arrête devant le bureau de Guénon.

— Et là ?

— Plein de côtes et des os de la queue.

— Plein ?

Guénon tend son doigt et les compte.

— Douze, dit-il.

— Et les os de queue ?

Il reprend son calcul, doigt sautillant.

— Sept.

— Sept vertèbres de la queue, répète Blancheterre.

Il retourne à son bureau, les mains dans les poches.

— Vous rendez-vous compte de tout ce que l'on a trouvé dans une seule pelote de régurgitation de chouette ? dit le professeur.

Il balaie la classe d'un revers de main.

— Plus d'une centaine d'os appartenant à une musaraigne, à un campagnol, à deux mulots, et tout ça dans une boule de poils moins longue qu'une allumette.

Le professeur regarde sa montre. Il referme son cahier.

— J'aurai d'autres pelotes la semaine prochaine.

— Vous les trouvez où ? demande Drique en ouvrant son cartable.

Blancheterre sourit.

— On en trouve dans tous les lieux inhabités ou

déserts. Ça peut-être une grange, un vieux moulin, une ruine.

— Et vous, c'est un lieu désert ?

— Depuis novembre dernier, oui.

— C'est une grange ?

— Une sorte de grange.

— Et c'est où ?

— Je crains de ne pouvoir répondre à cette question.

— Pourquoi, monsieur ? interroge Guénon.

— À l'automne, tu donnes tes coins à champignons toi ?

L'enfant se met à rire.

— Et en mai, tu donnes tes coins à muguet ?

La salle vibre. Guénon dit non de la tête.

— Ces pelotes de régurgitation sont des trésors qui mènent tout droit à un couple d'effraies, continue le professeur. Ces chouettes se sont réfugiées là au mois de mars, elles ont nidifié, elles sont tranquilles et il n'est pas question de les déranger.

— On ferait juste que regarder, promet le grand Drique.

— Bien sûr, avec les mains, sourit Blancheterre en ouvrant grand la porte pour dire que c'est fini.

— Je te laisse consigner Blancheterre ?

— C'est fait, répond Fauvette.

Son mari la regarde.

— Tu as fait ça quand ?

— Ce matin, juste après sa visite.

— Il est venu à cinq heures et tu as noté tout de suite ?

— Et j'ai noté tout de suite.

Silencieusement, Étienne glisse le timbre rouge sous la première bande transparente de son album. Il le referme. Il se lève, repousse sa chaise de la main et va à la commode. Fauvette est retournée à ses grilles. Elle regarde le vieux dos fatigué de son homme, elle compte ses six pas traînants sur le sol. Il range l'album au timbre, il prend le livre de visites, l'ouvre, le lit debout, avec le doigt et à la lumière de la luciole.

« *Dimanche 6 septembre, 5 heures du matin. Le professeur est venu chercher ses pelotes. Il a fait le tour du jardin, il a vérifié que la vigne vierge n'obstruait pas le carreau cassé de la remise. Il y est entré avec une lampe de poche. Il a été surpris par l'une des effraies, qui s'est enfuie au ras du sol. Ensuite, il est entré dans dans le salon. Il a cherché un livre dans la bibliothèque. Il a choisi* Nouveaux loisirs poétiques *d'Hippolyte Violeau. Il a lu à voix haute six lignes de la page 145 :*

> *Au-delà du cercueil l'âme me restera,*
> *Et pour vous consoler le ciel me donnera*
> *La place de votre bon ange.*
> *Conservez avec soin tout ce que j'ai chéri ;*
> *Gardez mes vers, mes fleurs, mon oiseau favori,*
> *Je serai là, que rien ne change !* »

Étienne sourit.

— « *Lampe de poche, ras du sol six lignes de la page 145.* »

— Eh bien ?

— Mais rien, voilà qui est précis.

À travers les persiennes, le jour fait ce qu'il peut. Il filtre de latte en latte, il glisse avec peine, il s'épuise en poussière grise, il est déjà mourant.

— Et alors quoi ? insiste Fauvette.

— Attends, je vais t'en lire un autre passage, dit Étienne.

Il mouille son pouce, remonte le temps. Entre ses notes, il retrouve l'écriture de sa femme. Une écriture fine, étroite, penchée vers la gauche comme pour ne pas tomber et ses *R* à l'ancienne, gracieusement ourlés. Il sourit.

— « *Dimanche 5 avril. 6 h 55. Visite du professeur. Constant Blancheterre a poussé la barrière. Aujourd'hui, il n'est pas venu à la porte. Il n'est pas entré dans la maison. Il n'a pas choisi un livre dans la bibliothèque. Il est juste allé dans la remise pour chercher des pelotes de régurgitation. Il est venu à pied et il est reparti à pied. Il avait un sac en plastique à la main. Il pleuvait. En sortant dans la rue, il a placé le sac sous son blouson.* »

Étienne balaie la page d'un revers de main, ouvre la bouche, les yeux, les bras. Il feint l'admiration.

— Tout y est ! Le jour, l'heure, le nom du visiteur, le but de la visite.

Il regarde sa femme. Elle a son sourire de Fauvette.

— Mais quand Léo vient nous voir, par exemple, je lis :

« *24 juillet, 19 h. Mottier.* »

Étienne referme le grand cahier bleu.

— La date, l'heure et c'est tout.

— Tu es jaloux, ma parole ?

— Amusé.

— Je suis certaine que lorsque Blancheterre épluche ses pelotes, il s'amuse plus que ses élèves.

— C'est son ancienne institutrice qui parle ?

Elle sourit.

— Nous partagions aussi la même passion pour René Char.

— René Char, murmure Étienne.

Il hoche la tête, referme le cahier de cuir bleu, revient à la table. Il s'assied. Distraitement, il passe une main sur la toile cirée. Fauvette regarde sa grille, puis son vieil homme, puis sa grille, encore. *Parti depuis peu*, dit la définition, *feu*, écrit légèrement Fauvette. Étienne est tête baissée. Sa main va et vient, lente, machinale. Dehors, il fait septembre, c'est-à-dire presque rien. On n'entend pas la pluie sur les volets fermés, ni le vent dans le vieux tilleul. Au loin, de l'autre côté du bourg, le clocher de Sainte-Prisque sonne les dix heures. Et la petite horloge suisse crisse à son tour.

— Dimanche, murmure Étienne.

Fauvette lève les yeux. Son mari n'a jamais aimé le dimanche. Il n'a jamais aimé son silence, sa torpeur, le raide de ses habits, le bar de son frère tout énervé de gosses. Il n'a jamais aimé les trottoirs

pressés du matin, les promenades molles d'après-
déjeuner, les mains d'hommes qui soulèvent les
chapeaux, les parlotes d'angles de rues, le brusque
désert du soir, les voix de radios, l'été, par les
fenêtres ouvertes, les lampadaires du presque
lundi.

— Dimanche, dit-il encore.

Puis il se lève. Il s'en va à la fenêtre. Il regarde les
volets.

— Tu crois que le professeur va cesser ses
visites ? demande Étienne.

— Pourquoi dis-tu ça ? répond Fauvette.

— Voilà qui est précis, complet et clair, dit le
bosco en relisant l'écriture maniérée de Blancheterre.

Il coche le calendrier d'une croix rouge puis
repose le carnet à spirale contre l'annuaire. Au
comptoir, le jeune professeur fait un signe content
de la tête.

— Ce n'est pas comme d'autres ! lance Paradis
en finissant son verre.

Berthevin vient juste de pousser la porte. Il
prend les regards souriants pour de la bienvenue.

— Rien de neuf à *Ker Ael* ? il demande.

— Tout est en ordre, répond le professeur.

Berthevin prend un journal sur une table et va
lourdement s'asseoir sous la patère. Il ne commande rien. Juste, il reprend sa place.

— Un orgeat pour la promesse ?

— Un orgeat Bosco, répond le professeur.

— Tu as ramassé des trucs ?

— Trois, répond Blancheterre.

Léo se rapproche. Il met ses lunettes et pousse son verre du doigt sur le comptoir.

— Tu montres ?

Blancheterre le regarde. Léo est accoudé. Il sourit. Il attend.

— Vous êtes sûr que ça vous intéresse ? demande le professeur.

— Montre toujours, répond Léo.

Le professeur pose son sac plastique sur le bois. Il plonge la main, ressort une petite boule sombre et dure d'os et de poils mêlés.

— C'est dégueulasse, dit Berthevin sans se lever de table.

— C'est la nature, répond le bosco.

— Et les chouettes recrachent ça à chaque repas ? interroge Léo.

— Généralement, elles recrachent deux fois par jour, répond Blancheterre.

— Je peux ? demande le bosco en avançant la main.

— Bien sûr.

Il prend la boulette entre les doigts. Il la porte à ses yeux, la tourne lentement.

— C'est une tête de quoi, ça ?

— De campagnol.

— C'est dingue.

— Et ça sert à quoi de ramasser ça ? demande Berthevin.

— À déterminer le régime alimentaire des effraies. Avec ça, les élèves étudient les relations alimentaires, l'organisation du monde vivant, répond le professeur.

Il regarde le bosco, Léo.

— C'est un cours de Sciences de la vie et de la terre. Je ne sais pas comment expliquer.

— Mais comme ça, prof ! Explique-nous les choses comme ça, répond Berthevin en crissant son rire.

Le bosco repose la pelote de déjection sur le comptoir. Blancheterre la glisse dans son sac.

— À Étienne et Fauvette, dit Lucien Pradon en tendant son verre de jus de raisin.

— À *Ker Ael*, répond le professeur en choquant son orgeat.

Le silence est tombé dans la salle. Blancheterre boit lentement en regardant l'horloge. Berthevin est retourné aux résultats de sport. Léo boit son deuxième verre de rosé.

— Tu as lu quoi dans la maison ? demande le bosco.

— Un passage d'Hippolyte Violeau.

— Connais pas.

— Moi non plus, j'ai trouvé le livre derrière les autres. C'était un poète breton.

— Ça parlait de quoi ?

— De l'âme.

— Eh ben, ça tombe bien, dit l'Andouille en tournant les pages du journal.

— Et tu n'as rien remarqué à *Ker Ael* ?

— Rien de rien, répond le professeur en reposant son verre.

Il veut s'en aller. Il va dire qu'il s'en va. Quelque chose lui mord le ventre. Le bosco l'observe.

— C'est vrai ce qu'on raconte prof ? dit soudain le bosco.

Blancheterre le regarde.

— Sur quoi ?

— Tu veux arrêter les visites ?

Berthevin lève la tête. Léo boit son fond de verre d'un coup.

— Qui dit ça ? demande le professeur.

— Je te demande juste si c'est vrai, répète le bosco.

— Ça me fait un peu loin tous les dimanches, murmure le professeur.

— Et ?

— Et j'ai découvert une grange abandonnée près de la Forgerie.

— Avec une autre chouette, c'est ça ?

— Oui, c'est ça.

— Et donc tu n'as plus besoin de venir à *Ker Ael* pour ramasser tes boulettes.

Le bosco se penche sur le comptoir. Il a posé les mains à plat. Il regarde Blancheterre comme on gronde un enfant.

— Tu ne venais pas que pour ça, quand même ?

Le professeur secoue la tête.

— Mais non, bien sûr que non.

— Mais quand tu trouves tes trucs ailleurs, tu arrêtes les visites.

— Je n'ai jamais dit ça.

— On l'a dit pour toi.

— Mais moi, j'ai jamais dit ça. J'ai toujours fait la visite. Personne ne peut me le reprocher.

Le bosco baisse les épaules, les yeux, le ton.

— N'importe comment, personne ne peut t'obliger, dit-il.

Il se retourne. Il arrange les verres à bière sur l'étagère du haut. Léo regarde la rue. Berthevin a posé le doigt sur les lignes de son journal.

— Alors, à dimanche, dit Blancheterre.

— Tu n'es pas obligé.

Le bosco regarde Léo qui rêve, les yeux baissés de l'Andouille.

— Personne n'est obligé, dit-il encore.

— À dimanche, répète Blancheterre en ouvrant la porte.

Le carillon fait triste, un grelot lépreux. Le silence.

— Je ferme, murmure le bosco.

Il n'est pas onze heures. Il a le regard gris.

— Je ferme, il redit. C'est comme ça.

Léo marche vers la porte. Berthevin replie le journal, se lève et sort. Pas un mot. Ils ne protestent pas. Ils s'en vont. Ils quittent. Le bosco ferme derrière eux, accroche à la poignée le petit écriteau jaune. Il va au comptoir, prend le carnet à spirale. Il écrit.

« *Dimanche 6 septembre, toujours. Le professeur a presque avoué qu'il allait cesser ses visites. S'il arrête, c'est moi qui le remplacerai. Léo et Berthevin n'avaient pas l'air très à l'aise. J'ai eu l'impression qu'ils me cachaient quelque chose. S'ils arrêtent aussi leurs visites, je les remplacerai moi-même.* »

Le bosco se relit. Il relit le professeur qui déserte, il relit Berthevin qui ment. Il n'est ni en colère, ni amer, ni révolté. Juste, il est inquiet. Il se demande combien de temps encore Léo frappera la cloche, combien de temps Ivan ouvrira les rideaux, les fenêtres et les volets. Il se demande combien de temps encore, Madeleine changera les draps, arrangera les oreillers, fera la poussière, dressera la table et fleurira le salon. Il se demande combien de temps encore Berthevin allumera l'électricité dans la maison. Combien de temps encore Paradis ouvrira les portes, et remontera la petite horloge.

Il referme le carnet à spirale. Il sort dans la rue, soleil de septembre. Ce soir, il ira à *Ker Ael*. Il veut chercher un livre dans la bibliothèque et faire quelques mots fléchés. Il se dit qu'il n'a pas besoin d'eux. Qu'il peut fendre seul un chêne à deux mains. Il descend la pente Landry. Il a envie de pleurer.

— Je n'ai jamais pleuré, disait Milon de Crotone.

— Menteur ! criait petit Lucien à Étienne.

Le bosco revient sur ses pas. Les cloches sonnent

la fin de la messe. Il rentre au café, ferme, monte à l'étage et s'assied à sa table de cuisine. Il reste là, comme ça, mains posées l'une sur l'autre. Il se dit que tous vont renoncer. Qu'il le sentait depuis quelque temps. Qu'il n'y a pas que Berthevin l'Andouille et Blancheterre le professeur qui baissent les bras. Il se souvient que Léo a passé deux fois son tour du mardi. Que Madeleine a oublié le bouquet d'hortensias deux jeudis de suite. Qu'Ivan néglige souvent d'ouvrir la fenêtre de la chambre. Que sans le verre de promesse, Paradis rendrait sûrement les clefs. Depuis juin, un peu méfiant, un peu honteux, un peu malheureux aussi, il leur tend des pièges. Il vient à la nuit. Il repart en laissant une lumière allumée. Il referme mal la barrière. Il ouvre un rideau qui devrait être tiré. Une fois, il a même laissé traîner un livre ouvert sur le canapé. Et pire encore. Il y a un mois, sans l'écrire dans le carnet à spirale, il a brisé un verre à pied. Il l'a laissé tomber contre le vaisselier. Entre un coin du meuble et le mur. Pas au milieu de la pièce, pas non plus dans un angle mort. Sur les tommettes de terre rouge, bien en vue, tout près du lampadaire. Il voulait faire croire à un rôdeur, à des enfants du bourg qui seraient venus là. Il espérait qu'immédiatement, ses visiteurs l'auraient alerté.

C'était un mardi.

« *Je n'ai rien remarqué d'anormal* », a écrit Léo.

— Je n'ai rien remarqué, a dit Berthevin.

— Rien, a dit Ivan.

— Rien de rien, a répondu Blancheterre.

Alors il est retourné à *Ker Ael*, de nuit encore. Et il a balayé ses petits éclats de verre.

— Ils renoncent, a pensé Lucien Pradon.

Le bosco se lève. Il va à la fenêtre. Il regarde la rue, le tournant qui conduit au-delà.

Le passé du bosco,
l'histoire de la veilleuse

Lucien Pradon n'a jamais été bosco. Marin, tout juste, homme du bord embarqué pour trois saisons de pêche sur un petit chalutier des Sables-d'Olonne. Le vrai maître d'équipage, c'était son père, Eugène Pradon, le patron de pêche, cent fois rentré à terre de justesse, cent fois retourné en mer de courage, perdu pour de bon au large de Penmarch dans la nuit du 19 au 20 septembre 1930, avec Malo, Flaherty l'Irlandais, Jean, trois des matelots de la *Petite-Mamita*, et aussi 'Ti Bihan, le mousse. Seul Kersaho, le second, a eu la vie sauve, secouru par le *Holy-oak*, un cargo anglais qui s'était dérouté. Ce jour-là, sur la Grande Sole, aux accores du plateau continental, dans le suroît de l'Irlande, près de 600 thoniers et 3 500 hommes d'équipages ont été piégés par la tempête d'équinoxe. Certains désespérés ont pris des ris à l'irlandaise, crevant la voile au couteau pour que le vent s'engouffre, puis déchire la blessure, puis continue ailleurs son sale chemin de vent. Plus de 200 hommes ne sont pas rentrés et 27 bateaux n'ont pas rejoint les ports.

Marie Pradon était avec les femmes de Locmaria, sur la côte qui domine Porh Morvil, au sud-est de Groix. La veilleuse tendue à bout de bras, elle attendait. Elle regardait rentrer les dundees mutilés, qui doublaient la pointe des Chats pour s'en rejoindre Etel. Elle pleurait les mâts brisés, les lambeaux de voiles, les ombres fragiles qu'elle devinait à bord. Elle regardait les tangons rompus, les pavois labourés, et les ombres, encore, toujours, les ombres d'hommes chéris par d'autres femmes. Petit Lucien était assis sur la roche. Étienne, enfoui dans le raide de la robe noire. La mère ne parlait pas. Ses fils ne parlaient pas. Personne ne parlait. Seul, l'océan. Et puis Marie a remonté son châle sur sa tête. Elle a pris la main de Lucien, celle d'Étienne et tous trois sont partis.

— Plus jamais la mer, a simplement dit Marie Pradon.

Elle a soufflé la veilleuse. Elle l'a enveloppée dans le pull d'hiver de son marin et l'a mise à fond de malle, avec un peu de vaisselle, la petite horloge suisse, presque tous leurs habits et trois poignées de terre bretonne dans une bourse en tissu brodé. Elle a fermé la porte et les volets. Lucien avait trois ans, Étienne en avait seize. Elle leur a demandé de ne pas se retourner. Ils ont quitté leur île, puis la côte et sont partis. Loin après, derrière la Bretagne, là où le ressac ne parvient pas, là où l'horizon n'existe plus qu'en terre. Jusqu'à Mayenne, où elle s'est épuisée en ménages, elle qui n'avait jamais travaillé qu'au bonheur des siens.

— Tu es mon grand homme, disait-elle à Étienne.

— Tu es mon petit bosco, souriait-elle à Lucien.

C'est le seul mot d'amour qu'elle avait ramené de la houle.

Lucien Pradon n'a jamais été bosco. Il ne l'a jamais prétendu. Il a seulement voulu prendre pied sur un pont marin. Il a voulu sentir les vagues, les déferlantes. Il a voulu plonger les bras dans le poisson de son père, tenir un couteau de gabier, pisser la mer accroché à un bout, l'insulter, la traiter de crevure, pleurer le sel, s'ouvrir les mains en blessures et en cals, passer par-dessus bord, mourir à l'eau, se perdre de creux en creux jusqu'à se laisser faire. Il a voulu, et puis il est redescendu. Il a eu froid de lui, peur de la grande solitude. Un vendredi, au retour de pêche, il a porté les casiers à la criée. Il est allé au café du port, il a bu aux vivants et à ceux qui nous manquent. Il a beaucoup bu. Il a erré à la nuit revenue. Il marchait comme on tangue, assiégé par les lames, accroché au bastingage en se chiant de peur. Il avait le mal de terre. Il a remonté la jetée, il a chancelé jusqu'au pied du phare. Il a levé la tête. Il a regardé le sombre. Le ciel de soir était d'un bleu funèbre. Et la lune, juste après, était rouge au lever. Il sentait le très mauvais temps, tous les vents à venir. Et c'est là, assis sur un bollard, une chute de cordage en main, à faire et défaire un nœud qu'il inventait, que Lucien a renoncé à mourir comme son père. Il s'est levé, il est allé dans l'obscur du quai saluer son petit

chalutier, et il a pris le train pour Laval, au matin.
Comme ça, sans regret de rien. Il est retourné
auprès de tous les siens.

Lucien Pradon n'a jamais été bosco mais tout le
monde l'a toujours appelé comme ça. Sa mère, son
frère, Fauvette, son instituteur, les rires de son
école, les copains de l'usine avant son accident de
chaîne, les amis, les passants, les gens de son café.
Bosco. C'est le bosco. Celui qui commande un peu,
qui départage, qui aide, qui cligne de l'œil par
affection, qui encourage, qui conseille, qui calme,
qui rassure, qui raccompagne à la porte, qui relève
les manches quand le vin est colère pour dire que
ça suffit. C'est celui qui est venu les voir, tous, il y
a dix mois, pour leur parler de *Ker Ael*. Pour leur
parler comme jamais il ne l'avait fait. Avec les yeux
mouillés et les mains dans les poches. Avec aussi
son sourire de Bosco, lumineux, marin, plein de sel
et de vent. Ses yeux et son sourire qui disaient qu'il
fallait l'aider. Au nom de l'amitié, du respect, de la
mémoire. Au nom de sa main sur leur épaule,
parfois, lorsqu'il est grand temps de rentrer. Au
nom de leur enfance, ensemble, avec Léo, Berthevin, Madeleine, Angèle et Clara. Au nom d'Ivan,
de Paradis, du jeune Blancheterre, de ces nouveaux
venus qui ont prêté main-forte. Au nom de ce qui
reste, de ce qui doit rester. Au nom de l'automne
qui fane les regards. Au nom de la forêt qui cache
le loup. Au nom de Milon de Crotone. Au nom de
lui, Bosco, de Fauvette et d'Étienne. Au nom d'eux
tous, et de ce qu'eux tous deviendront.

⁂

C'est avec un cap-de-mouton, croché en fin de journée par une ligne alors que les derniers thons étaient halés à bord, qu'Eugène Pradon a fabriqué la veilleuse. La mer, le sel, le temps, avaient raviné ce disque de bois épais qui sert à tendre les haubans. Dans ses mains jointes, il semblait de même matière que la peau du marin, une écorce épaisse, calleuse, écorchée d'eau, de sel et de temps. Le bois semblait ancien, plus ancien que tout ce qu'il avait connu. Il l'a montrée au brigadier Kersaho, son second, un vieux de Locmaria qui connaît le gréement comme d'autres leur nom de famille. Jamais il n'a cru que la pièce venait d'être pêchée. *Petite-Mamita* gisait sur un haut-fond, sur le plateau de Rochebonne, et un cap-de-mouton ferré ne pouvait pas dériver comme ça, entre deux eaux et la surface.

— Ça ne flotte pas ça, patron, a dit Kersaho.

— Je ne te demande pas si ça flotte, puisque la ligne l'a ramené. Je te demande d'où ça vient.

Le Groisillon a fait la mauvaise tête. Comme quand les gars du bord fouillent la cambuse sans rien lui demander.

— C'est un cap-de-mouton inférieur, il a dit.

Avec son doigt abîmé, il a montré la rouille et la dentelle ferreuse.

— Tu vois là, il était cerclé de métal. Un cap-de-mouton supérieur a juste une cannelure vide, sauf s'il est parti avec le cordage, le hauban et qu'il traîne le mât derrière lui.

Le brigadier regarde mieux.

— Comme il est rond, je dirais qu'il ne peut pas dater d'avant la moitié du XVIIe.

— Pourquoi ?

— Parce qu'avant ça, les caps-de-mouton étaient triangulaires, a murmuré le marin en retournant l'objet.

— Et quoi d'autre ?

— Après, tu peux toujours rêver.

— Rêver ?

— T'inventer une histoire.

Il a soupesé la pièce de bois, passé son couteau dans l'une des trois ouvertures rondes et gratté la salissure ancienne. Puis il a levé les yeux et regardé le patron. Eugène avait les mains dans le dos. Tête penchée, front soucieux.

— C'est sûrement un bâtiment de guerre. Une frégate anglaise ou une corvette française. Mais maintenant, c'est toi qui vois.

Le brigadier lui a tendu le cap-de-mouton. Et il a tourné le dos en murmurant :

— En tout cas, ne raconte pas au port que t'as ramené ça avec une ligne, c'est impossible. Trouve autre chose.

Eugène a ri.

— C'est ça, fous-toi de moi, a repris Kersaho sans se retourner.

Le patron ne se moquait de personne. Il a ri parce qu'il était content. Il chassait le thon, et il ramenait un peu de l'Histoire prisonnière. Il a ri parce que c'était comme ça. Un thon avait été capturé à la gueule par un double croc leurré de crin, entortillé dans le fil, et le cap-de-mouton était plaqué contre lui à lui pénétrer les chairs.

— C'est ça, comme un poisson pilote, a rigolé Kersaho avant de descendre à la cale.

Il a levé une main pour dire que ça suffisait et il est allé surveiller 'Ti Bihan, son neveu, mousse de bord, qui découpait un germon avant de le piquer d'ail pour le ragoût du soir.

Alors Eugène est resté sur le pont, avec sa prise de mer. Il s'est assis sur le banc de quart. Il a gratté le bois, puis la rouille. Il a lavé le disque à grande eau douce, l'a regardé comme ça, longtemps. Il s'est dit qu'une fois rentré à terre, il le poncerait, le vernirait. À le voir, il a pensé à un socle. Puis à un socle de lampe. Ce serait sa lampe de terre. Sa lampe de lit, de chevet, pour être tout à la fois un peu là-bas et un peu ici. Une corvette française. Voilà. Sa ligne avait remonté la mémoire d'une corvette française et sa lumière veillerait dans toute la maison.

Il l'a poncé, il l'a verni. Il s'est servi des trous pour fixer le cul d'une lanterne. Il a rempli de pétrole le réservoir de cuivre et allumé la grosse mèche blanche.

Un an, la lampe est restée sur sa table de nuit. Elle faisait tellement de lumière que Marie Pradon dormait souvent tournée contre le mur, l'avant-bras replié sur ses yeux. Et puis un soir que *Petite-*

Mamita devait rejoindre Groix, un brouillard de juillet l'a égarée de longues heures. Le dundee avait perdu la *Marie-Étoile* et le *Patron-Malo*, deux pays qui faisaient route avec lui. Il faisait nuit. Sans réfléchir, Marie a pris la lanterne de son mari et a rejoint les autres femmes sur le port. Elle la tenait comme ça, à bout de bras en direction de l'écume blanche qui roulait du large. Et lorsque le dundee est rentré au port, vers trois heures du matin, elle a embrassé le socle de bois en remerciant Dieu, la corvette française et ses marins perdus.

Bien sûr, jamais Eugène n'a vu la lumière agitée par sa femme. Ni du large, ni à l'entrée du chenal, pas même lorsque les hommes de quai ont saisi les aussières. Eugène n'a remarqué la lampe qu'une fois à terre.

— C'est la lampe qui t'a ramené à moi, a dit Marie.

— C'est elle, oui, a souri son homme.

Le soir même, sa flamme cessait d'éclairer le chevet du marin. Au premier étage, sous le toit, à l'aplomb du plafond mansardé, il y avait un œil-de-bœuf qui surveillait la mer. Sans rien demander à Eugène, comme on érige un fanal de poupe, Marie Pradon a posé la lanterne contre la vitre.

— Ce sera ton abri, ta sentinelle, ta veilleuse, a dit la femme de marin. Si tu te perds dans les brouillards, elle te montrera le chemin de la maison.

La bibliothèque
et la légende de l'Ankou

Enfant, l'Andouille s'appelait Henri, ou Berthevin comme sa mère. À l'école, d'autres l'appelaient *le vérolé*, à cause de son visage piqueté de
grêle. Berthevin n'a jamais connu son père, enfui
avec une fille de Béthune alors que sa mère le portait encore. Elle s'appelait Hélène, la mère. Elle
s'est réfugiée chez son frère avec son ventre lourd
et ses yeux de chien. Deux semaines plus tard, elle
accouchait toute seule dans la chambre du haut, et
se pendait dans la grange, pieds nus, en chemise de
nuit, barbouillée du ventre aux chevilles par le sang
de délivrance. C'est comme ça que Berthevin n'a
jamais eu de mère non plus. C'est comme ça que
son oncle Gilbert s'est retrouvé avec un corps brûlant dans les bras, un animal palpitant, bougeant à
peine, les yeux clos, la bouche sèche, qui criait
famine comme un chaton blessé. L'oncle a élevé
Henri. Seul, avec l'aide de Marie Pradon, une
veuve arrivée de Bretagne avec ses deux enfants.
Contre un peu de ménage, contre un peu d'attention pour le petit orphelin, oncle Gilbert la logeait

avec Lucien, son plus jeune. Étienne, l'autre fils, avait repris ses études à Laval. Il voulait être instituteur. À la mort de sa mère, emportée par une pneumonie, Étienne a quitté le collège. Il est revenu au bourg pour prendre soin de son frère, et aussi du petit Henri, qui poussait avec lui. Il a travaillé à la fromagerie, puis dans les hangars Jounneau, puis dans les fermes alentour. Contre son travail aux champs, oncle Gilbert lui offrait un toit. Il grandissait comme ça, en bottes des champs, deux gamins à bout de bras, en regardant les nuages qui s'en venaient de l'ouest. Il grandissait de rien mais marchait tête droite. Il était fier de tout. Fier du petit bosco qui ramenait un bon point de l'école. Fier de petit Henri qui déchiffrait une phrase. Fier d'une poignée de main à la fin du travail. Fier du panier de haricots soyeux qu'il remplissait pour le repas du soir.

Et un jour, un printemps, la bibliothèque fut construite.

Juste un mur à abattre, dans un local désert en face de la mairie. Un mur, deux cloisons fines, une porte à refaire, du plâtre à gâcher, des ardoises à remplacer sur le toit malade, de la peinture à barbouiller, puis quelques rayonnages à faire naître du bois. Étienne avait vingt ans. Oncle Gilbert a parlé de lui à la secrétaire de mairie. Il a parlé de lui en bien, en différent des autres. Il a dit que ses mains n'étaient pas faites que pour la terre. Qu'il avait des mains blanches, un regard d'ailleurs, qu'il cachait des livres dans son panier-repas, qu'il parlait avec des mots tranquilles, qu'il ne jurait pas, qu'il ne buvait pas, qu'il serait certainement utile à la bibliothèque, pour trier, pour conseiller, pour donner envie de lire. La secrétaire n'a pas répondu tout de suite. Elle a dit que peut-être. Elle connaissait bien Étienne. Un garçon qui vous regarde en face. Un garçon qui peut marcher dans la rue avec Fauvette, sa fille, sans que les trottoirs ne cancanent. Elle a dit pourquoi pas ? Une bibliothécaire devait venir de Saint-Fraimbault-de-Prières, trois fois par semaine, du midi jusqu'au soir. Mais elle était enceinte.

— Ça te dirait de travailler à la bibliothèque ? a demandé Gilbert Berthevin.

Ce soir-là, lorsque Étienne a pris son petit bosco sur un genou et le petit Henri sur l'autre, il tremblait de joie. Il a ouvert un grand livre devant eux. Il a expliqué la balle rouge et blanche, le parapluie vert, le chat roulé, le chien assis, la carriole, le hanneton. Il faisait répéter en chantant chaque phrase de l'histoire. Lucien riait les mots de tellement les savoir. Henri buttait. Il se trompait de couleur, de lettre, il faisait des *m* avec des *p*.

— Tu y arrives bien, soufflait Étienne en le serrant plus fort.

Et Henri Berthevin rougissait.

— Tu préfères ton frère ou moi ? a plus tard demandé l'enfant.

— J'aime les deux, a répondu Étienne.

— Oui mais quand même ? Qui ?

Petit bosco avait sept ans. Berthevin à peine six. Ils étaient tous deux debout devant la table où Étienne déjeunait. Ils le regardaient. Ils attendaient. Étienne s'est levé. Il a repoussé sa chaise. Il s'est assis sur le ciment, au milieu d'eux. Il a pris les mains de petit Henri au creux d'une main et les mains de son frère au creux de l'autre. Il les a levées à hauteur de leurs yeux, puis les a mêlées avec les siennes. Il a glissé ses doigts entre leurs doigts. Ils ont glissé leurs doigts entre les siens. Oncle Gilbert était debout sur le seuil. Il avait tout entendu. Il a souri.

— Et maintenant, qui peut me dire où sont ses doigts ? a demandé Étienne.

— Ils sont tout mélangés, a répondu Henri.

— Eh bien voilà, tu as répondu à ma question petit homme.

— Ça veut dire quoi ? a demandé Lucien.

— Ça veut dire que je vous ai réunis.

Petit bosco regardait son frère. Berthevin regardait Étienne.

— Ça veut dire que tu nous aimes pareil ? il a demandé.

— Tout pareil, a répondu Étienne en serrant fort leurs doigts.

D'abord, Étienne a aidé les ouvriers à casser le mur. Il a transporté les gravats, défoncé les cloisons, balayé le sol, il a nettoyé le plafond avant de le repeindre. C'était une petite bibliothèque, avec juste assez d'espace pour installer une trentaine d'étagères le long des murs, trois tables rondes et un bureau d'accueil. Étienne a transporté les ardoises pour le toit, il a réparé un volet, il a décapé le rebord des deux grandes fenêtres, il a peint. Il a aussi aidé à monter les étagères, il a biné le parterre en désordre qui encadrait les marches du dehors, il a semé le gazon pour après. C'est Étienne, qui a peint en bleu le mot *bibliothèque* sur le tympan du fronton. C'est lui aussi qui a placé le premier livre sur le rayonnage, en haut à gauche, pour qu'il y ait une tache de couleur sur le bois peint en blanc. Marie-Josèphe Lefeuvre était là, avec sa fille, avec quelques amis, avec les ouvriers qui buvaient à la fin du chantier. Elle a longuement observé le jeune homme, sa façon de poser le livre, de reculer de trois pas pour juger de l'effet.

— C'est quoi, ton livre ? a demandé Fauvette.

Elle s'était approchée d'Étienne. Depuis la foire aux vêtements d'Ambrié, elle et lui marchaient en se donnant la main. Pas dans le bourg, pas dans la rue, mais dans la tête. Ou alors en forêt, le dimanche, quand Lucien et Henri couraient autour d'eux en faisant des bruits de gêne.

— C'est Victor Hugo, a répondu Étienne. Il a retiré le livre de son rayon et l'a tendu à la jeune fille.

— *Les Travailleurs de la mer*, a dit Fauvette.

Elle a ouvert le livre au milieu, au hasard. Elle aime surprendre les phrases sans qu'elles s'y attendent. Les phrases qui paressent, qui pensent qu'elles ont le temps. Qu'il y a tant et tant de pages avant elles, qu'elles peuvent sommeiller à l'ombre des mots clos.

Fauvette a lu à voix haute.

— « *Les solitudes d'eau sont lugubres. C'est le tumulte et le silence. Ce qui se fait là ne regarde plus le genre humain.* »

Elle a fait son sourire de Fauvette.

— Ce n'est pas très gai.

— C'est beau, a-t-il simplement dit.

Et il a replacé son livre sur l'étagère.

— Tu le prêtes à la bibliothèque ou tu le donnes ? a demandé la mère de Fauvette.

— C'est un cadeau, a répondu Étienne. Je pourrai le relire ici.

Très vite, la jeune femme de Saint-Fraimbault a eu des malaises. Sa grossesse était délicate. Au bout de quatre mois, le médecin lui a ordonné de rester couchée. Et Étienne a rempli les fiches à sa place, recevant les visiteurs, conseillant les mères, expliquant aux enfants. Grâce à la bibliothèque, il ne travaillait plus aux champs que trois jours par semaine. Dès qu'il le pouvait, il traversait le village pour aérer la pièce, pour ranger quelques livres, pour établir avec soin ses fiches de lecture. Tard le soir, la lumière pâle s'accrochait aux fenêtres. Chaque fois qu'il avait en main un nouvel ouvrage, il le recouvrait d'un film transparent et l'ajoutait à la liste des nouveautés qu'il épinglait au mur.

Le jeudi après-midi, c'était le jour des plus enfants que lui. Petit bosco venait avec petit Henri. Ils traînaient avec eux Léo, Madeleine qui arrivait de Solesmes, Clara, Angèle. Ils venaient en troupe bruyante et rieuse pour écouter Étienne leur raconter un livre. Ils ne lisaient pas, ou peu. Ils s'asseyaient par terre et Étienne ouvrait pour eux le secret de ses pages. Il lisait. Il lisait doucement pour capturer leur attention, puis leurs yeux, puis leur silence. Il lisait dix pages, jamais plus. Il lisait en mettant le ton. Il chaloupait l'océan, il soufflait le vent, il ricanait le chacal, il croassait le corbeau. Lorsqu'un coup de feu éclatait, ils sursautaient à la force du bruit. Étienne marchait. Il lisait en parcourant la pièce. Il tournait le dos, il revenait, il appuyait certains mots et tremblait certains autres. Il regardait un à un ces enfants de la terre, il les aimait, il en était. Pour eux, il tournait chaque page comme on ouvre un rideau et quand il était temps, lorsqu'il était trop soir, ou qu'il allait pleuvoir, ou qu'il fallait rentrer, il murmurait un mot, un dernier, comme une voix qui s'éteint d'avoir été brûlante. C'était ainsi, chaque fois. Pour qu'ils soient de retour la semaine suivante, au moment d'anxiété, à l'instant de savoir, juste avant la réponse que tous attendaient, il refermait le livre et disait au revoir.

Berthevin n'a jamais redemandé à Étienne s'il préférait son frère Lucien. Chaque fois, toujours, dès qu'il l'a pu, surtout après la mort d'oncle Gilbert, lorsque l'enfant a été confié à une tante du bas bourg, Étienne a eu un mot pour le gamin au visage de grêle. Il lui parlait plus doucement, et aussi plus simplement qu'aux autres. Il lui prenait la main en traversant la nationale. Il passait son bras sur son épaule maigre. Il plantait son regard dans le sien pour lui rendre un éclat. Même pour l'adolescent, Étienne a eu des mots en plus. Des mots pour calmer ses lèvres un peu folles. Des mots pour que sa main cesse de trembler. Des mots pour arracher les images de la mère à sa poutre de grange. Jamais Étienne n'a cessé de protéger Henri l'enfant, puis Berthevin devenu trop adulte et trop simple. Jamais non plus, il n'a cessé de protéger l'Andouille, devenu sale, con, monstre en une soirée d'ivresse, et si seul.

*

Le bosco se penche. Il a un peu bu. Tout à l'heure, alors qu'il marchait sur la route, une voiture l'a klaxonné. Il fouille l'intérieur de sa chemise à la recherche de la clef. *Ker Ael* est juste obscurité. Le bosco se redresse, il donne un coup de paume contre la cloche de l'entrée, introduit la clef dans la serrure, ouvre la porte et entre. Sur le seuil, il se signe. Le Père, le Fils, le Saint-Esprit. Il cherche l'interrupteur. Il donne la lumière au salon. Il reste debout, devant la porte refermée. Pas un bruit, pas un souffle. La petite horloge suisse est arrêtée. Sur la table aux coquelicots, le journal de Fauvette est resté grand ouvert, son crayon posé sur la grille de mots. Dans le grand vase du salon, les hortensias se meurent. Il va au chat assis, prend l'album de Milon, l'ouvre sur la table en restant debout, sort le timbre à deux doigts et le dépose sur la toile cirée. Puis il s'approche de la bibliothèque. Il allume la luciole bleue. Il caresse les reliures. Il lit les noms inconnus qui sommeillent aux dos, Claude Tillier, Israël Zangwill, Cyriel Buysse. Au toucher, juste, à l'aspérité du cuir écaillé, il choisit un livre vert tout en bout de rayon.

ALFRED DE MUSSET
Lettres à Lamartine
et poésies nouvelles
1836-1852

Il se dirige vers la table, tire à lui la chaise d'Étienne. Il penche la tête, l'appuie dans la paume de sa main gauche et tourne les pages. Il ne lit pas, il cherche. Il cherche quelque chose qui pourra rester là, ouvert, à cette place, et qui chuchotera aux oreilles de ceux qui viendront en visite. Il tourne les pages. Il cherche. Il cherche comme on cherche les mots. Il cherche un écho familier, une autre clef que celle qu'il porte au cou. Il trouve.

Et marchant à la mort, il meurt à chaque pas...

Le bosco sourit. Il lit. Il se redresse, relit une à une les neuf lignes suivantes puis lisse la page ouverte. Voilà. C'est ça. C'est ce qu'il voulait découvrir ce soir. C'est ce qu'il voulait offrir à Étienne, à Fauvette et à leurs visiteurs. Quelques mots en partage qu'il leur devait encore.

⁂

Tu crois que le professeur va revenir dimanche, demande Fauvette en regardant ses cases ?

— Je ne crois pas, répond Étienne, la main sur le livre de poésie.

Fauvette regarde son vieil homme.

Et marchant à la mort, il meurt à chaque pas…

Il lit la page offerte la veille par son frère. Il lit sans mot. Sans bouger les lèvres comme il le fait parfois. La petite horloge suisse s'est remise en marche. Elle tique, elle taque dans le silence tombé. Fauvette regarde son vieil homme. Son cœur se serre. Il va être le soir, et personne n'est venu.

Nous sommes le 7 septembre, un lundi, le jour de Paradis. C'est toujours au petit matin qu'il vient à *Ker Ael*. Ils entendent sa mobylette qui peine, puis son trousseau et le bruit traînant de ses bottes. Automne, été, il porte sa casquette de chasse à rabats sur les oreilles, son bleu ouvrier, ses bottes et son gilet à poches. Il ouvre la porte de l'entrée, la laisse comme ça, béante et entre dans le salon. Il ne touche à rien, ne regarde rien. Il ouvre mécaniquement les portes et les referme presque aussitôt. Au début de la promesse, il y a dix mois, il entrait sur le seuil comme au seuil d'un tombeau. Il enlevait sa casquette, la gardait à la main et ouvrait chaque porte avec respect. Parfois, il s'asseyait à la table aux coquelicots. Il soulevait l'une des chaises

empilées près du mur et prenait place entre le
journal ouvert et le carnet au timbre. Il parlait à
Étienne, à Fauvette, il baissait les yeux, il leur
racontait la rue, le café, le temps, l'orage, le dehors,
il lisait un peu du livre ouvert laissé là par Blancheterre. Ensuite, avec précaution, il remontait la
petite horloge suisse, essayait une fois encore de
réparer le coucou brisé, renonçait et ressortait en
disant le bonsoir. Ce n'est que dehors qu'il mettait
sa casquette et qu'il laissait ses clefs lui battre la
braguette. Pendant toute sa visite, une main sur les
poignées de porte et l'autre sur son trousseau, il
veillait au silence du métal.

— Et Paradis, tu crois qu'il viendra ? demande
encore Fauvette.

— Je ne sais pas, répond Étienne.

Il relit la page ouverte par le bosco. Elle regarde
ses cases.

— Étienne, *attristés* en huit lettres ? demande
Fauvette.

— *Atterrés*, répond son vieil homme sans lever
les yeux.

Elle prend son stylo noir. Elle sait que c'est bien
ça, qu'il n'est pas besoin de tapoter au crayon ses
petites tentatives.

Atterrés.

Voilà. On entend le clocher de Sainte-Prisque
qui sonne vingt heures. Puis la petite horloge suisse
qui tinte son carillon ferreux.

Soudain, Étienne relève la tête. Il sourit. Respire, presque. En face, Fauvette creuse sa fossette.

La rue clinque, l'air cliquette, le métal sonne à la grille. Paradis glisse la clef dans la serrure, il ouvre la porte. Il garde sa casquette à rabats, va à la cuisine, boit de l'eau au robinet. Il se racle la gorge, crache. Ensuite, il monte au premier étage, claque deux portes, va au grenier, redescend, traverse le salon, porte deux doigts à sa visière, murmure :

— M'sieurs dames !

Puis sort sur le palier, ferme la porte d'un tour de clef, traverse le jardinet, ouvre la barrière et s'en va dans la rue.

**

— Tu retournes à *Ker Ael* demain ? demande Ivan.

— On sera mardi, répond simplement Léo.

Les deux hommes marchent ensemble, pente Landry. Léo pousse son vélo sur le trottoir. Ivan a mis les mains dans ses poches.

— Tu as parlé au bosco ?

Léo secoue la tête.

— Ça serait bien que quelqu'un le fasse, dit Ivan.

— Pourquoi moi ?

— Pas forcément toi, mais un ancien. Je ne me vois pas lui dire que j'arrête comme ça.

— Moi non plus.

— Sauf que demain Léo, c'est ton jour de visite.

— Et alors ?

— Tu n'as qu'à pas y aller.

Léo regarde Ivan.

— Comme ça ?

Ivan ne répond pas.

— Ce n'est pas facile de faire ça au bosco.

Ivan s'arrête. Il regarde Léo tête basse.

— Tu sais, ça fait dix mois qu'on tient promesse. Dix mois, ce n'est pas rien.

Léo soupire. Il reprend sa marche, le guidon sous la main.

— Tu ne crois pas qu'on a tous été formidables ? dit Ivan.

Léo hausse les épaules.

— Tu ne crois pas que ce cérémonial doit s'arrêter un jour ?

— Je ne sais pas.

— On n'a rien à se reprocher. Je suis sûr que Fauvette et Étienne sont fiers de nous.

Le soir grisaille le ciel, les trottoirs du bourg, les deux ventres serrés. Le vélo grince, les talons de Léo crissent au sol comme une craie sur l'ardoise. Léo est bouche ouverte. Toutes les rides lui sont venues au front. Il frémit des lèvres comme s'il se parlait. Il marche. Il se voit. Il se voit depuis dix mois, tirer le cordon de la cloche, frapper à la porte, reculer sur le perron, inspecter pour rien les volets clos. Il se voit, l'oreille contre le bois écouter leur silence. Il se voit remonter en selle, encore et encore. Tendre le bras à droite au carrefour Bois-Huchet, arrêter son vélo et poser pied à terre. Il se voit descendre la pente Landry, faire halte devant le café du bosco, poser sa machine contre le mur crépi, pousser la porte et tendre la main vers le verre de promesse. Dix mois. Dix mois, chaque mardi. Pour Fauvette, pour Étienne, pour ne pas faire de peine au bosco. Dix mois de promesse, dix mois à se dire qu'il faut, parce qu'il le faut. Dix mois de deuil, à en perdre les raisons.

Léo marche, Ivan à ses côtés. Ils ne se parlent plus. Ils remontent la rue comme on s'enfuit du bourg. Dix mois. Léo s'imagine un mardi sans visite. Il se lève, il se couche, il n'est pas allé à *Ker Ael*. Et puis quoi ? Il n'a pas agacé la cloche de l'entrée. Et puis quoi ? Qu'est-ce que ça change au soir, à la nuit, au mercredi d'après ? Qu'est-ce que ça change au triste et à l'absence ?

— Demain, je n'irai pas à *Ker Ael*, dit soudain Léo.

Il a dit ça sans élever la voix, sans méchanceté, sans bravade, son vélo à bout de main.

— Je n'irai pas.

Voilà. C'est comme ça.

— Il faudra que tu parles au bosco et aux autres.

Léo regarde Ivan.

— Il faudra, dit-il.

— Personne ne peut t'en vouloir. Il faut juste que tu dises les choses comme elles sont.

— Je les dirai, juste comme elles sont, répète Léo.

Ivan lui tend la main.

— Prends ton temps, dit-il.

C'est ici que leurs rues se séparent. Ivan et son pas lent, Léo et son vélo, qui longe le trottoir.

— Demain, je n'y vais pas, répète Léo pour lui.

Cette fois, sans baisser les yeux, sans passer son tour, sans demander à Paradis ou à Blancheterre de prendre son jour de visite. Il va aller voir le bosco après son travail. Il va aller droit au bar. Il va planter ses yeux dans ceux d'Ivan, de Berthevin, de Paradis s'il est rentré des champs. Après, il va regarder le bosco bien en face. Il va le regarder en face parce qu'il l'aime, qu'il le respecte et qu'on ne peut mentir à cet homme-là. Il va le regarder en face, les deux mains posées sur le comptoir.

— À la promesse, dira le bosco en débouchant la bouteille.

Et Léo posera sa main ouverte sur le verre vide et lui dira :

— Je n'y suis pas allé, bosco.

Léo ferme les yeux en marchant. Il n'arrive pas à imaginer une suite à cette phrase. Il continue sa route sur le chemin de *Ker Ael*. Ce soir, il veut aller à la barrière blanche. Juste comme ça. Pas pour dire adieu, mais pour toucher le vieux tilleul du jardin. Il marche sous la pluie fine. Par-dessus les arbres, la veilleuse. Une voiture vient, passe et s'en va. Juste un éclat de phares. Il fait nuit. Léo pousse la barrière blanche. Il pose une main sur l'arbre, ferme les yeux et frissonne.

⁂

Léo avait huit ans. À la bibliothèque, Étienne racontait l'histoire de l'Ankou, le charretier de la mort. Il disait que celui qui entendait grincer les essieux de son tombereau mourrait avant le jour. Étienne racontait aussi que dans son village d'enfance, un peu en retrait du bourg, il y avait un vieux tilleul que l'Ankou convoitait. Comme il l'avait fait ailleurs, bien plus loin dans les terres, entre deux voyages funèbres, il effleurait l'écorce et rendait le bois plus clair, plus fin, plus régulier qu'un épicéa de la forêt de Brocéliande. L'Ankou convoitait le tilleul pour en faire un violon. Il voulait fendre l'arbre à l'arc de sa faux, lui arracher le cœur, sculpter une âme, polir une table d'harmonie, élever un manche, dégager une volute, vernir quatre chevilles, les éclisses, briser quatre rayons de lune qu'il monterait en cordes, tresser le crin de ses rosses pour en faire un archet. Étienne racontait que sa mélodie serait belle, légère et envoûtante. Il disait que ses notes ressembleraient à un miel de printemps. Sa musique courrait les rues des villages, les forêts, les landes, les bords de mer, elle entrerait dans les chambres des enfants endormis. Et ceux-ci souriraient au fond de leur sommeil. Ils ne se réveilleraient pas, ne parleraient pas. Ils se lèveraient comme des petits anges et suivraient l'Ankou tous ensemble, enveloppés par une brume légère, en file heureuse et résignée jusqu'à son repaire de sommeil. Lorsque l'Ankou venait voler le bois de son violon, tout le monde entendait son attelage funeste. Les pères et les mères sortaient en courant des maisons, se rassemblaient et faisaient une ronde silencieuse autour du vieux tilleul.

Ils se tenaient par les épaules, par la taille, par les mains, ils enserraient le tronc en respirant à peine. Ils faisaient un rempart de vie. Mais l'Ankou venait, sifflant son mauvais air comme se rapproche un chien. Il était en haillons, il arrivait de la colline, par-derrière le haut bourg ou sortait de la mer juste après un naufrage, ruisselant, sa charrette noire et ses chevaux glacés. Lorsqu'il voyait ces hommes et ces femmes en cercle, qui protégeaient le bois de son chemin de mort, il tournait lentement autour d'eux, tête penchée, chapeau à large bord, cheveux blancs en désordre tout abîmés de pluie, haleine corrompue, cherchant de ses yeux noirs un regard apeuré, une bouche tremblante, un renoncement. Il était mécontent, mais pas plus que cela. Il avait le temps, tout leur temps. Il reviendrait une autre nuit, par tempête, par grand vent pour couvrir le bruit de sa charrette et le halètement de ses deux chevaux gris. Il reviendrait par surprise, dans la brume, empêchant les vivants de former leur grand cercle d'amour.

Léo tremblait de cette histoire. Longtemps, il a frémi aux plaintes rouillées des charrettes.

— L'Ankou est breton, nous sommes en Mayenne, ses chevaux s'arrêtent aux portes de Saint-Pierre-la-Cour, disait Étienne pour le rassurer.

Léo l'a cru. Mais quand même, il a appris à reconnaître le tilleul entre tous les arbres de la vie. Il touchait son bois. Il se rassurait. Mais il sentait le violon palpiter sous l'écorce.

✱✱

Léo sourit. Il caresse le tronc du bout des doigts. Il se demande comment sera demain. La main sur le tilleul, il imagine, il rêve, il se voit qui pousse la porte du café. Il est presque vingt heures. Il ne pensait pas que le bosco était encore ouvert. D'ailleurs, Lucien Pradon est seul. Personne d'autre. Il est au comptoir, debout, les mains sur le bois, qui l'attend.

La porte carillonne. Léo entre, marche, regarde le sol de pierres jaunes et grises. Il arrive au comptoir. Il a les mains le long. Il ne dit rien. Il espérait que le bosco pose un verre, sorte la bouteille, la débouche en souriant. Il espérait poser sa main en couvercle pour dire non. Mais rien ne va. Il est au comptoir, le bosco devant lui. Ils sont là, face à face, qui ne se disent rien.

— Je sais, souffle le bosco.

Il sait.

— Ce n'est pas que… commence Léo.

— Je sais.

Il a son air d'orage. Les yeux presque fermés, les manches remontées, la bouche en triste et les mains mortes. Il soulève la tablette de bar. Il marche vers la porte, il l'ouvre sans un mot.

Léo regarde le bosco sur son seuil. Il le tient grand ouvert. Il est tête baissée. Il ne dit rien. Il indique la rue. C'est tout. Léo quitte le comptoir. Il ne dit rien non plus. Il marche, il passe devant. Il sort sur le trottoir. La pluie a cessé. Il descend la pente Landry. Il entend derrière lui la porte qui se referme. Il se sent vide, et seul, et enfant sans personne. Il regarde la nuit. Il regrette. Il ne regrette pas. Il ne sait plus.

Léo regarde *Ker Ael* dans l'obscurité. Il se dit que demain sera peut-être comme ça. Que le bosco lui fermera sa porte et ne lui dira rien. Qu'il repartira dans la nuit sans oser revenir. Il caresse le tronc du vieux tilleul. Il referme la barrière et sort dans la rue. Il a peur. Il est triste. Il est en train de trahir la promesse.

Le renoncement de Léo

Une mèche glissait sur sa joue. Fauvette arrange ses cheveux. Elle les tire en arrière, les rassemble le long de sa nuque, les remonte délicatement au-dessus de sa tête, puis pique une épingle argent dans l'argent de sa coiffure. Une fois encore, le jour murmure le soir. Derrière les volets, la lumière se résigne. Le salon s'attriste comme un regard éteint. La petite horloge suisse a cessé de battre. Rien ne respire plus. Fauvette redoute tout ce que l'ombre gagne. Sa main est posée sur son coin de journal. Déjà, elle a du mal à lire les lettres prisonnières. Elle effleure le papier jauni, passé, craquant de mots anciens. Elle tapote la gomme qui termine le crayon de papier. *Instant d'abandon* en cinq lettres, demande la définition. *Oubli*, dit Fauvette sans écrire. Elle regarde sa main tout abîmée d'à force. Ses ongles fatigués. Son poignet si fragile. Elle regarde les coquelicots rouges, les bulles qui percent la toile cirée. Elle les suit du doigt. Quelque chose monte en elle, qui lui serre le ventre, qui lui fait pencher la tête et fermer les yeux. Fauvette n'est pas triste, juste lasse. Elle est comme la lumière qui renonce. Elle ne pensait pas qu'elle pourrait encore pleurer. Elle se croyait à tout jamais sans larmes. Elle pleure tout au fond d'elle. Elle pleure pour répondre à la pluie qui chuchote. Elle pleure son sourire de Fauvette, sa fossette de crépuscule. Elle pleure son vieil homme qui sommeille. Elle pleure leurs pas lents dans le bourg. Elle pleure le grand soleil d'été. Elle pleure l'odeur brûlante des moissons. Elle pleure le crissant de la neige, elle pleure les bourgeons tendres et verts. Elle pleure en larmes sèches. Elle pleure un regret d'elle. Elle se lève en s'aidant des deux mains sur la table. Elle va à la bibliothèque, elle effleure les livres, elle passe le doigt contre les dos de cuir et de poussière. La petite luciole n'a pas été rallumée. L'ombre, ici aussi, gagne. Elle va au bougeoir blanc. Elle sourit. L'album au timbre est refermé. À côté, le grand cahier bleu sommeille. Dans la chambre, les hortensias sont secs. Il y a longtemps que le vase de cristal est sans eau. Fauvette est debout, au milieu de la pièce. Elle contourne la table. Elle est derrière Étienne, elle pose une main sur son épaule et le frôle en passant. Elle va à la cuisine. La poussière s'est déposée sur la desserte en bois. Elle ne se souvient pas de leur dernier repas. Ce devait être un dîner de novembre. Étienne avait rentré quelques rondins du bûcher. Elle le revoit penché sur la cheminée, pestant contre l'humidité qui rongeait le bois.

Nous sommes mardi et Léo n'est pas venu.

Fauvette et Étienne l'ont attendu jusqu'à la nuit

tombée. Ils ont guetté ses pas traînants dans la rue, sa toux sèche, le tintement doré de la clochette. Au début de la promesse, après avoir frappé à la porte, Léo entrait au salon pour leur rendre visite. Il n'était pas obligé. Il venait pour lui, un sourire aux lèvres. Il prenait place à la table aux coquelicots. Parfois, il se penchait sur le journal de Fauvette, prenait le crayon gomme et complétait le mot hésité par Madeleine, ou celui que Blancheterre avait commencé, laissant exprès quelques lettres en mystère. D'autres fois, Léo ouvrait l'album au timbre. Il sortait le petit rectangle rouge, allumait la luciole et le mettait en lumière en rêvant.

Léo a toujours connu ce timbre, c'était même le premier de sa collection d'enfant. Celui-ci appartenait au bosco. On peut encore voir dans les marges les traits verts dessinés par Étienne. Berthevin avait crayonné son timbre. Il avait repassé le contour du lutteur au crayon. Le bosco avait trouvé ça bête. Il disait qu'un timbre, ça ne s'abîme pas, ça se respecte. Chaque fois que les enfants se retrouvaient ensemble, ils sortaient leur timbre et ils disaient :

— Mort au loup !

C'était leur mot de passe.

Au village, il y avait ceux qui avaient le timbre et ceux qui ne l'avaient pas. Et puis un jour, Madeleine a prêté le sien à son cousin. Il criait *Mort au loup !* partout et il l'a déchiré dans une bataille. Après, c'est Clara qui a perdu son timbre. Elle l'a posé sur une pierre près de l'étang et l'a oublié après la baignade. Berthevin a laissé le sien dans la poche de son short qui partait au lavage. Un soir, le bosco a perdu le sien. Étienne lui avait demandé de ranger sa chambre et il l'a laissé tomber sous son lit. Seul Léo avait gardé son Milon de Crotone. Il l'avait collé dans un cahier à timbres. C'était le premier de sa collection. Quelques jours plus tard, son père lui a donné un vieux timbre belge, bleu, de 1,75 franc, émis pour célébrer l'Exposition universelle de 1935. Et puis voilà, c'est tout. Après, Léo a décidé de collectionner les cailloux.

Léo n'est pas venu.

Il n'est pas venu et personne n'est venu a sa place. *Ker Ael* est resté sombre et vide. Fauvette monte à l'étage comme une ombre portée. Ses pas sont lents. Elle passe devant la chambre close, prend l'escalier de bois et monte au grenier. La veilleuse est là, posée sur la fenêtre, qui éclaire un peu de la pièce. Fauvette marche jusqu'à elle. Elle s'assied sur le tabouret. Elle regarde le loin, la nuit qu'elle devine au milieu du halo. Étienne disait que la petite flamme était vue bien au-delà des terres. Il disait que malgré les arbres, malgré les villes et les villages, malgré les côtes, les esquifs et le sombre, un homme mourant en mer pouvait voir sa clarté. Qu'il ne saurait jamais quelle était cette lumière. Qu'il croirait à un amer, à une lanterne brandie par une femme, par l'Ankou, à une hermine aux yeux luisants de lune, à une étoile tombée. Il ne saurait jamais, mais Étienne disait qu'il suivrait la clarté, et qu'il nous reviendrait.

**

Il y a huit mois, après les autres, le bosco a demandé à Paradis s'il voulait deux clefs de plus. C'était un lundi. Le café était presque désert. Léo et Berthevin parlaient d'engins de chantier. Paradis était au comptoir, tout à gauche comme à son habitude. Il portait sa casquette de chasse à rabats, ses bottes de paysan, son bleu et son gilet à poches. Il buvait un bock de bière.

— Comment ça se passe à *Ker Ael*, il a demandé.

— On a besoin d'aide, a répondu le bosco.

— Qu'est-ce qu'il faut faire ?

— Faudrait que quelqu'un s'inscrive pour le lundi.

Paradis a haussé les épaules.

— Il faut y passer, c'est ça ?

— Oui, et puis faire deux ou trois choses.

— Quelles choses ?

Le bosco a ouvert le carnet à spirale.

— Le lundi, il faudrait donner un coup de clef dans la serrure, ouvrir et fermer les portes et puis remonter l'horloge.

— C'est tout ?

— Ça prend cinq minutes.

— Et ça aiderait ?

— Ça aiderait, a dit Léo en enfilant son manteau.

Paradis a bu son verre d'un coup.

— Et il faut écrire les trucs soi-même dans le cahier ?

— Je peux le faire pour toi, a répondu le bosco.

— Je préférerais.

Le patron a pris le verre de Paradis.

— Un autre ?

— Ça va aller, a dit Paradis.

— C'est le verre de promesse, a répondu le patron.

— Ça ne se refuse pas, a lancé Léo sur le pas de la porte.

Lucien Pradon a posé le bord du verre contre la pompe à pression. Une mousse blanche, légère, différente des bières.

— Le verre de promesse, a dit le bosco en reposant le verre plein.

Depuis plusieurs semaines, Paradis entendait cette phrase murmurée. Le verre de promesse. Un verre pour Léo, pour l'Andouille, pour Ivan, et aussi pour le professeur Blancheterre et pour Madeleine.

Paradis a pris son bock. Il l'a levé. Le bosco le regardait. Berthevin a levé les yeux. Sur le pas de la porte, Léo souriait. Paradis a bu le verre. Comme ça. Cul sec. Il l'a bu en se demandant quelle était la promesse. Il était à la fois fier et inquiet, étranger à tout et désireux de tout, comme lorsqu'on passe le porche d'un endroit très secret. Le bosco a pris la boîte ronde sur l'étagère du bar. Il l'a ouverte. Elle était pleine de clefs. Les mêmes, toutes, une dizaine. Il a plongé sa main à l'intérieur sans quitter Paradis des yeux.

— Une nouvelle clef, a dit le bosco en tendant la clef plate.

Paradis l'a prise comme on touche le feu. Il a avancé la main, l'a reculée, l'a avancée encore. Il l'a tenue dans sa paume comme sa première clef. La première depuis son enfance, après avoir dormi dans les granges, dans les allées, les jardins, les soupentes, la chapelle Liseré. Il l'a prise en disant merci.

— Et il y a ça aussi.

Une petite clef de bronze.

— C'est pour l'horloge, Bosco ? a demandé Paradis.

— C'est pour l'horloge, Paradis, a répondu le bosco.

Léo a passé la porte. Il a relevé son col. Il est parti sur la gauche, rejoindre son vélo à petites toux sèches. Berthevin s'est levé à son tour. Il est passé derrière Paradis, qui glissait les clefs à son trousseau.

— Merci pour Étienne et Fauvette, il a dit.

— Merci à vous, a murmuré Paradis.

Il a regardé la clef de *Ker Ael* et la clef de l'horloge. Il les a prises en main comme une récolte nouvelle.

Le bosco lui tournait le dos.

— Bosco ? a demandé Paradis.

Lucien Pradon s'est retourné.

Paradis était au comptoir, à sa place d'habitude, son verre vide à bout de doigts.

— Oui ?

— Pourquoi on fait ça ?

— Ça, quoi ?

— Pourquoi il faut aller chez Fauvette et Étienne tous les jours ?

Le bosco a souri. Il a rempli le verre de bière. Il a regardé Paradis, tout raide d'inquiétude et ses yeux dans les siens.

— On ne t'a pas dit pourquoi ?

— Si, mais je n'ai pas bien compris, a répondu Paradis.

Le bosco s'est accoudé au bar.

— Regarde-moi.

Paradis a reposé son verre et regardé le grand homme en maillot.

— Je vais te raconter l'histoire de la lampe et des âmes.

— L'histoire de quoi ?

— Et aussi l'histoire de Milon de Crotone.

— L'histoire de qui ?

— L'histoire du chêne et du loup. Écoute, a souri le bosco.

✲✲

Étienne est à la table, les yeux posés sur rien. Le timbre est devant lui. Il penche la tête. Il le regarde encore. Dans le coin à gauche, des petites taches brunes abîment le mot *France.* Il ne les avait jamais vues. Il gratte d'un peu d'ongle. Les salissures restent. Fauvette est montée à l'étage. Il entend son pas léger dans le corridor, son froissé devant leur chambre, son souffle encore, sur l'escalier de bois qui mène à la veilleuse. Jamais, Fauvette n'a été seule à la lanterne. Elle y envoie son homme, ou alors elle le suit. C'est son âme à lui, sa tempête. La veilleuse, c'est le chemin de son père en retour. Jamais Fauvette ne monte sans son homme. Elle l'appelle au seuil du grenier. Elle revient le chercher. Mais aujourd'hui, il écoute les pas lents de sa femme. Elle doit être arrivée. Il ne l'entend plus. Elle est à la lucarne, à la fenêtre, au sabord de promesse. Il ne l'imagine pas. Il ne la voit pas, le front contre la vitre. Il ne la voit pas interrogeant la nuit. Il ne peut pas la voir. Il ne voit plus rien. Le professeur ne viendra plus, Léo a renoncé aux visites. Étienne a peur, plus que peur. Il a le souffle empêché. Il y a trop de silence dans la maison, trop de ténèbres. Il ne peut bouger de sa chaise. Il est là, le regard dans le sombre. Il se demande à quoi tout cela a servi. À gagner un jour, une semaine et quelques mois encore. À gagner la clarté d'Ivan qui ouvre les rideaux, les fleurs de Madeleine, la cloche de Léo comme si quelqu'un venait, les portes de Paradis qui claquent dans le vent, les poésies lues par Blancheterre comme Fauvette les lisait, les lampes qui brillent parce que l'Andouille est là. À quoi cela sert-il ? À quoi sert d'éclairer la bibliothèque, de veiller la veilleuse et de demeurer là ? Étienne soupire un rien, un silence. Il sait que demain, Berthevin ne viendra pas. Qu'il a autre chose ailleurs, que c'est la vie qui va. Qu'après les portes de Paradis et la clochette de Léo, la lumière de l'Andouille va s'éteindre. Que Fauvette et lui vont peu à peu manquer de force, puis de geste,

puis de regard. Déjà, il sait qu'ils ne parleront
bientôt plus.

**
*

Léo pousse la porte du café. Il est presque vingt
heures. Il ne pensait pas que le bosco était encore
ouvert. Tous sont là, ou presque. Berthevin remet
sa veste, Ivan bourre sa pipe, Paradis boit sa bière
à l'autre bout. Léo traverse la salle. Il arrive au
comptoir et pose la clef de *Ker Ael* sans un mot sur
le bois.

— Le professeur vient de nous dire qu'il arrêtait
les visites, dit le bosco.

Il regarde Léo.

— Tu préfères continuer le mardi ou tu pren-
drais son dimanche ?

Il sort le vin de promesse, pose un verre devant
Léo.

— J'arrête aussi.

— Tu arrêtes quoi ?

— Les visites. J'arrête les visites.

Le bosco a la bouteille en main. Lentement, il la
repose. Le verre est vide. Il regarde Léo, il regarde
Berthevin, Ivan, Paradis. Les yeux sont baissés.

— Tu arrêtes ?

— Désolé Bosco.

— Tu arrêtes un moment ?

— Non, j'arrête vraiment. Ça fait dix mois,
Bosco, on ne peut pas continuer tout le temps.

— Et pourquoi ça ?

— Parce que c'est pas une vie, répond Ivan.

Le bosco se retourne. Ivan est adossé au mur, sa fumée grise autour.

— Tu arrêtes aussi ? lui demande le bosco.

— J'y songeais, mais je ne savais pas quand. Si Blancheterre et Léo n'y vont plus, il vaut mieux qu'on fasse ça proprement. Qu'on arrête tous ensemble et qu'on soit contents d'être arrivés jusque-là.

— Paradis ?

— Je ne veux pas te fâcher, Bosco...

— Berthevin ?

— Pareil que les autres.

— Quoi, pareil ?

— On a commencé tous ensemble, il faut arrêter tous ensemble.

Lucien Pradon regarde la petite assemblée. Il a les mains sur les hanches.

— Vous vous êtes donné le mot.

— Tu sais bien que non, dit Ivan.

— Ce que je sais, c'est que vous abandonnez *Ker Ael*. Vous abandonnez Étienne et Fauvette, vous reniez la promesse.

Ivan s'avance. Il tient sa pipe en main.

— On l'a tenue, la promesse. On l'a tenue tous ensemble pendant dix mois. Dix mois, Bosco ! On n'a jamais manqué une visite. On a tous respecté notre parole. Tu ne peux pas faire comme si ça n'avait jamais existé.

— Et puis tu croyais quoi Bosco ? reprend Léo. Sincèrement ? Tu pensais qu'on ferait ça encore des années ? Je suis certain que même Fauvette, même Étienne comprennent qu'on arrête là.

— Ne pense pas pour eux, murmure le bosco.

— Je ne pense pas pour eux, j'imagine ce qu'ils diraient s'ils pouvaient nous voir.

— Ils nous voient.

— D'accord, ils nous voient. Mais on peut les honorer autrement qu'en visitant *Ker Ael*.

— Paradis ?

— Je ferai comme on décidera, répond Paradis.

Le bosco regarde Léo en face. Il reprend la bouteille et lui sert un verre de vin.

— C'est pour rien, juste pour la soif.

Léo boit lentement.

— Et puis reprends ta clef, dit encore le bosco. Tu la rendras quand on la rendra tous

— C'est-à-dire ? demande Léo.

— Laissez-moi la nuit, je vais y réfléchir. Berthevin ? Je suppose que demain, tu n'y vas pas non plus ?

— Je ne sais pas.

— Tu ne sais pas, répète le bosco, mais je préfère que tu me dises les choses en face.

Il regarde sa montre.

— Je ferme.

Léo repose son verre. Il tend la main au bosco par-dessus le bar. Le bosco la prend, la serre. Léo va s'en aller.

— La clef, dit encore le patron. Prends-la. Juste pour que vous l'ayez tous jusqu'à demain matin.

Léo pousse son vélo sur le trottoir de la pente Landry. Paradis pousse sa mobylette, Ivan marche avec eux.

— Je ne me sens pas bien, dit Léo.

— Nous non plus, répond Ivan.

— Et si on continuait encore une semaine ?

— Pourquoi pas un an ?

— Non, juste une semaine, ou quinze jours, ou jusqu'à l'anniversaire.

— J'ai plus envie, dit encore Ivan. Je l'ai jamais dit, mais nos visites à *Ker Ael*, c'est à peu près tout ce que je déteste.

— C'était pour Étienne et Fauvette, murmure Paradis.

— Je sais. Même pour mon père, je ne l'aurais pas fait.

Leurs chemins se séparent. Léo pousse son vélo d'une main. De l'autre il leur fait au revoir. Au carrefour Bois-Huchet, Ivan lève un poing d'adieu sans regarder derrière. Paradis redresse sa casquette, clinque ses clefs d'un coup de bretelles, monte en selle et prend la rue de la Brague vers le cimetière, pour retrouver son toit.

La lampe et les âmes

Ce jour-là, Étienne était plus sérieux que les autres jours. Il n'est pas resté debout au milieu de la bibliothèque, marchant et faisant ses grands gestes. Il était assis sur le sol, et les enfants faisaient cercle. Ce jour-là, avant de parler, Étienne les a regardés les uns après les autres. Léo, tout d'abord. Léo, qui entrait dans la bibliothèque avec son vélo rouge. Il ne le laissait pas dehors. Il le couchait dans l'entrée comme un animal de compagnie. Léo était petit, triste et maigre, les yeux en demi-lunes, le rire crissant et les cheveux frisés. Berthevin parlait peu. Son visage était constellé d'impacts, comme un chemin de guerre. Madeleine aimait bien Berthevin. Elle le regardait de derrière ses lunettes, reprenait en riant ses fautes avec les mots. Madeleine était gentille et maigre. Elle jouait aux jeux de garçons et se laissait toucher. Clara était tout le contraire. Celle qui allait devenir la femme de l'Andouille était trop grande, silencieuse et réservée. Elle observait longuement le poseur de questions avant de lui répondre. Dans le groupe, elle était la discrète, la solitaire, la mélancolique aussi, mais à la bibliothèque, c'est elle, toujours, qui levait le doigt la première. Dans cette assemblée, Lucien était assis devant parce que c'était le frère d'Étienne. Il était plus fort que les autres. Jamais il n'a eu besoin de gronder la voix pour se défendre. Même avec les grands du bourg, petit bosco n'a jamais baissé la tête, jamais longé le mur. Devant le danger, juste il levait les yeux et ramassait son corps en pensant à Milon.

— Tu vas nous lire quoi ? a demandé Clara.

— Je ne vais rien vous lire du tout, a répondu Étienne.

— Et alors, on va faire quoi ?

— Je vais vous raconter l'histoire de la veilleuse et des âmes.

Étienne a ouvert le sac. Il a sorti la lanterne d'Eugène Pradon et l'a posée sur le sol avec précaution.

— Tu as pris la lampe de papa ? a soufflé le petit bosco.

Il a toujours vu cette étrange lampe, posée dans l'angle de la cheminée. Quelques mois avant la mort de sa mère, alors qu'elle lustrait le cuivre au chiffon, il lui a demandé d'où elle venait. Étienne vivait à Laval, lui partageait ses heures avec Berthevin. Sa mère avait dit que le socle était un morceau de bateau, un vieux navire français, une pièce de haubanage qu'Eugène avait rapportée de la haute mer. C'est lui qui l'avait décapée et vernie, c'est lui aussi qui avait fixé une lampe à pétrole sur le disque de bois, avec trois vis passées dans les trous. Petit bosco a demandé pourquoi la lampe était toujours éteinte. Sa mère a dit qu'elle s'était éteinte en mer avec son marin. Elle a dit que la lanterne aurait dû le ramener à la maison mais qu'elle ne l'avait pas fait. Qu'elle avait décidé qu'elle serait abandonnée comme elle, et sans lumière. La veilleuse est restée là, sur son coin de pierre grise, jusqu'à ce qu'Étienne l'emmène sous son toit.

— Qu'est-ce que c'est ? a demandé Étienne aux enfants réunis.

— Une lampe, a dit Léo.

— La lampe de papa, a répondu Lucien.

— Qui peut me dire de quoi est faite cette lampe ?

— De verre et de métal, a dit Clara.

— Il y a du cuivre, c'est vrai, et du verre, mais aussi du bois. C'est un bois de marine, un bois de vieux bateau.

— Et c'est quoi, la veilleuse des ânes ? a interrogé Léo.

— Des âmes, a rectifié Étienne en riant.

Léo s'est curé le nez. Il a rougi.

— C'est une lampe qui garde les hommes en vie un jour et une nuit après leur mort, a répondu Étienne.

Il a pris la veilleuse dans ses mains. En ce temps-là, elle était encore à pétrole. Plus tard, lorsqu'il sera un homme, lorsqu'il lui trouvera une place dans son grenier face à l'ouest, Étienne passera un fil électrique et montera une douille pour recevoir le culot d'une petite ampoule torsadée.

— Comment elle fait pour garder les hommes en vie après leur mort ? a demandé Madeleine.

— On lui confie son âme. Un jour et une nuit, c'est le temps que met une âme pour brûler. Et tant que l'âme brûle, on n'est pas vraiment mort.

Et puis il s'est levé. Il tenait la lampe dans le creux de son bras, comme un enfant qui dort. Petit bosco regardait son frère, bouche ouverte. Berthevin, Léo et les filles attendaient en silence.

Alors, Étienne a raconté.

Il n'a pas dit le socle en bois rapporté par Eugène, la veilleuse posée par Marie sur le rebord de la fenêtre, la grande tempête de septembre, la disparition du père, leur départ vers un ailleurs sans port. Il n'a rien dit de tout cela. Aux enfants, il a raconté une autre histoire. Celle d'une lampe fabuleuse qui passe de mort en mort jusqu'à la fin des temps. Il a raconté l'histoire d'une dame âgée et de son vieil homme, qui avaient hérité de cette lampe, il y a bien longtemps dans un autre pays. Ils savaient que lorsqu'ils mourraient, l'un, ou l'autre, ou les deux, ils vivraient encore un jour et une nuit s'ils offraient leur âme à sa lumière. Même partis brutalement, même surpris par l'Ankou, même tirés de la vie du fond de leur sommeil, il leur resterait toutes ces heures pour réfléchir encore et s'aimer un peu plus. Étienne a raconté que le vieil homme avait installé la lampe contre une lucarne, au plus haut de sa maison, plein ouest, face aux grands arbres, au-dessus des cimes pour qu'elle soit vue du ciel, face au plus loin, au plus beau, au plus

désolé. Face à la Bretagne, à l'Irlande, et encore au-
delà, après les vents, les solitudes, là où plus rien ne
vit, où les aigles reculent.

À la nuit tombée, pour se rassurer, le vieil
homme sortait parfois de sa maison. Il prenait le
chemin de terre. Il marchait jusqu'aux portes du
bourg et se retournait pour voir la clarté. Lorsque
sa femme est morte, la veilleuse a pris son âme. Et
la flamme a changé. Avant, elle était douce, dorée,
familière. Une flamme de pétrole à l'odeur lourde
et grasse. Brusquement, elle est devenue plus vive,
plus désordonnée. Elle grésillait, sautillait, s'affais-
sait pour repartir, se couchait à droite et à gauche
comme sous l'effet d'un souffle. Pendant une nuit
et tout un jour, tant que la lampe a brillé de cet
étrange éclat, le vieil homme et sa femme ont
pu rester ensemble. Il lui tenait la main, elle le
regardait. Au début, ils parlaient. Ils se promet-
taient d'autres heures. Elle souriait, il souriait, ils
n'avaient peur de rien. Au matin, elle était épuisée.
Sa main restait ouverte dans celle de son homme.
À midi, il parlait pour deux. Elle ne souriait plus.
Elle avait fermé les yeux. Dans la lampe, la flamme
peu à peu redevenait pétrole. Elle ne pétillait plus,
éclatant par endroits comme un cierge magique,
jusqu'à ce qu'elle devienne lisse, et jaune, simple
feu domestique. L'âme s'était consumée. Alors, le
vieil homme a décidé de rejoindre sa femme. Il a
attendu la nuit. Il a soufflé la veilleuse, l'a embarquée dans sa chaloupe de mer. Il a été au large, à la
rame, loin, jusqu'aux ténèbres. Il s'est assis sur le

plat-bord et s'est laissé glisser dans l'eau noire, la lampe entre les bras. Elle est restée au fond, longtemps, inerte, jusqu'à ce qu'une ligne de traîne la capture et la rapporte à bord d'un dundee de Groix.

— Le bateau de papa ? a demandé petit bosco.

— Le bateau de papa, a répondu Étienne.

— Comment la lampe sait qu'on est mort ?

— Elle le sait parce qu'il n'y a plus de bruit dans la maison. Alors l'âme est obligée de sortir de nous.

— Et quand elle sort, la lampe l'attrape ?

Elle essaie, mais les vivants peuvent aussi l'en empêcher.

Étienne a expliqué que lorsqu'on aime très fort celui qui part, on peut le retenir encore. Il faut occuper la maison du mort, marcher en faisant du bruit, ouvrir les portes comme on va au travail, les fenêtres comme on fait entrer le soleil. Il a dit qu'il faut parler haut, rire, choquer les couverts et l'assiette comme si le repas était en train. Il a dit qu'il faut que l'eau coule, qu'il y ait des fleurs coupées dans les vases. Il a dit que les lumières doivent éclairer les pièces, que le lit doit être défait au soir et refait au matin. Il a dit qu'il faut respirer fort pour deux. Il a dit qu'ainsi, la lampe ne se doute de rien. Elle ne sait pas la mort. Elle sommeille contre sa lucarne et l'âme reste blottie contre le cœur éteint, jusqu'à ce qu'il soit glacé, tellement, qu'elle gèle aussi et finit par se rendre.

Petit bosco s'est levé. Berthevin aussi. Ils voulaient toucher la veilleuse. Étienne a dit qu'il ne fallait pas. Que la toucher, c'était lui promettre son âme.

— Tu la touches bien, toi, a dit petit bosco.

C'est parce que je lui ai promis mon âme, a souri son frère.

L'histoire s'est arrêtée comme ça.

Sans un mot, tous ont quitté la bibliothèque.

— Étienne ?

Petit bosco était resté dehors, assis sur le trottoir.

— Quoi ?

— Ce n'est pas une histoire vraie ?

— Qu'est-ce qui est vrai, petit bosco ?

— Ce n'est pas une lampe qui prend les âmes des gens ?

Étienne a pris son frère par les épaules. Il l'a regardé bien en face. Il lui a dit que l'âme de leur père avait quitté son cœur juste après le naufrage de *Petite-Mamita*, qu'elle hurlait de colère pour couvrir le bruit de la tempête, qu'elle avait volé bas, de lames en creux, de déferlantes en tourbillons d'écume, qu'elle avait évité l'Ankou qui hissait en riant les pêcheurs hors de l'eau, qu'elle avait survolé le cimetière marin, puis les rocs, puis la plage de brume, puis les toits d'ardoises, qu'elle était venue se réfugier dans la veilleuse posée sur le rebord et qu'elle s'était offerte en feu. Il a raconté qu'elle avait brûlé une nuit entière et aussi tout un jour. Il a raconté que grâce à ça, leur père était entré à son tour, au milieu de la nuit, par la porte de devant. Qu'il était tout mouillé de mer, de pluie,

qu'il avait perdu son béret. Qu'il avait raclé ses
sabots de pêche contre la marche de l'entrée, qu'il
s'était assis devant la fenêtre, qu'il avait regardé
longuement la lanterne. Il a raconté qu'elle grésillait d'une flamme étrange, affolée, vive comme une
étincelle. Il a raconté qu'Eugène était allé dans leur
chambre d'enfants et qu'il les avait regardés. Lui,
d'abord. Étienne, réveillé brutalement par le vent
du dehors. Son père ne lui a rien dit. Il s'est penché
sur le lit. Il ne souriait pas. Des gouttes glacées tom-
baient de son front sur le front de son fils. Il a
raconté que leur mère était restée à la porte. Elle
regardait son homme penché sur leur enfant. Elle
ne pleurait pas.

— Et il m'a regardé aussi ? a demandé petit
Lucien.

Étienne a raconté. Il a dit que leur père était allé
au petit lit, qu'il s'était penché sur lui, qu'il avait
embrassé ses cheveux pleins de nuit en disant qu'il
veillerait sur eux. Ensuite, Eugène est sorti de la
chambre. Étienne raconte qu'il s'est levé. Qu'il a
ouvert la porte à demi et qu'il a écouté. Eugène parlait à Marie. Il lui a dit que dans une nuit et un jour,
lorsque son âme serait consumée, la lampe s'étein-
drait en attendant qu'une autre âme se réfugie près
d'elle.

— Et la lampe s'est rallumée lorsque maman est
morte ?

— Un jour et une nuit, petit bosco.

— J'étais où, moi ?

— Dans ta chambre avec Berthevin.

— Elle est venue me voir, maman ?

— Oui. Elle tenait la veilleuse à la main.

Étienne a dit qu'elle aussi, voulait ce jour et toute cette nuit en plus. Il a raconté que leur mère s'est assise sur le lit. Elle a regardé dormir son petit bosco. Elle souriait mais elle avait peur. Peur pour eux, peur pour après. Elle a regardé dormir son orphelin. Elle a posé la main sur son front. Il a gémi. Il a bougé ses bras au-dessus de sa tête. Elle s'est approchée de son oreille. Ses cheveux blancs ont coulé sur sa joue, et puis une larme aussi. Elle s'est excusée de partir.

— Et toi, tu vas faire quoi avec la lampe ?

Un jour, je vais la mettre contre une fenêtre, très haut, sous les toits, pour qu'elle m'oublie. Et quand je serai mort, je lui ferai croire que je suis toujours vivant. Je chercherai le moyen de délivrer les âmes de papa et de maman. Ça ne meurt pas, une âme.

— Et si tu n'arrives pas à les délivrer ?

— Alors mon âme brûlera un jour et une nuit dans la veilleuse. Et après, elle sera prisonnière avec eux.

Petit Lucien était debout, sur le trottoir, devant la bibliothèque et son frère face à lui. Il regardait le sac, il regardait Étienne. Il avait peur pour lui, pour eux. Il s'est demandé si tout ça était vrai ou si c'était une histoire comme l'Ankou, comme les korrigans, comme les dames de Brocéliande, comme les loups de Milon. C'était un soir de printemps. Étienne lui a pris la main. Ils ont remonté le long des rues du bourg. L'air était frais, petit Lucien tremblait un peu.

— Et si quelqu'un casse la lampe, les âmes peuvent s'échapper ? il a brusquement demandé.

— Personne n'a jamais osé casser la veilleuse, a répondu Étienne.

— Eh ben moi, quand ton âme sera dans la lampe, je la casserai, comme ça, papa, maman et toi vous pourrez vous échapper.

Étienne s'est arrêté. Il a regardé son petit frère. Il a souri.

— Tu me promets ?

— Je te promets.

Le grand frère l'a étreint. Il souriait encore, il regardait le ciel. Il serrait contre lui ce chaud et ce fragile. Puis ils se sont remis en marche. Petit Lucien était lumineux. Tout content, tout fier. Il a sifflé entre ses lèvres. Il n'avait plus peur.

*
**

Après la grande tempête, une nuit qu'il entendait des voix à la cuisine, Étienne est descendu. Sa mère était contre la cheminée. Elle parlait à la lampe éteinte comme elle parlait à son marin. Elle lui disait qu'il les laissait bien seuls, qu'il n'aurait jamais dû sortir par ce temps, qu'il lui manquait. Elle lui demandait des nouvelles du ciel. Elle embrassait le socle de bois comme les joues de son homme.

— Papa est dans la lampe ? a demandé Étienne.

Marie Pradon a sursauté.

— Qu'est-ce que tu fais là, au milieu de la nuit ? Remonte te coucher et ne fais pas peur à ton frère avec ces histoires.

Depuis ce jour, Marie a toujours fait très attention en parlant à la veilleuse de mer. Elle attendait que les enfants soient sortis, ou couchés. Elle la prenait dans ses mains, lui murmurait des riens et s'excusait de tout.

Dans la nuit du 19 au 20 septembre 1930, Marie oublia de placer la lanterne contre leur petite fenêtre. Elle oublia, pour la première fois. Elle l'avait laissée sur la table du bas, éteinte, remettant le pétrole à demain. Dans la tempête, elle le sait, elle en est certaine, son marin a cherché sa clarté. Elle l'a vu se perdre. Il a tourné en rond, en vain, hurlant ses ordres sous le vent. Elle se dit qu'avant de verser, il avait rassemblé ses hommes tout autour de la barre, Kersaho, Flaherty, Malo, pendant que Jean et 'Ti Bihan harnachés, manœuvraient la pompe pour écoper l'eau embarquée dans la coque. Ils ont cherché la veilleuse des heures dans la nuit brume, dans l'orage, au cœur des vagues élevées en parois. Et même s'ils n'ont pas vraiment cherché, et même s'ils n'ont pas cherché du tout, et même s'ils n'ont pas eu le temps de lever les yeux, et même si la veilleuse n'a jamais montré « *route terre* » à aucun marin dans la nuit, elle aurait dû être à sa place, face à l'horizon, mise là par Marie Pradon pour qu'Eugène Pradon retrouve sa route. Et même si la flamme tremblante d'une lampe de

cuivre n'a jamais ramené personne des ténèbres
marines, cette nuit-là et jusqu'à sa mort, Marie
Pradon a cru qu'en renfort de la mer, en complice
des vents, elle avait abandonné son mari aux
abysses.

Le rapport de mer
et la fin de la promesse

Paradis est arrivé vers sept heures au café du bosco.

Chaque matin, il est le premier au comptoir. Il a l'impression de pousser une porte neuve, à la poignée lustrée. Il aime cet instant. Il est seul, Lucien Pradon est encore à la cave, remontant des caisses en grognant de son mauvais réveil.

— Bien dormi, Bosco ?

— Mal, répond le bosco préparant le café.

Paradis est chez lui. Il garde sa casquette de chasse, il claque ses bretelles comme on salue le jour. Il a l'air content de tout. Le bosco pose le café devant lui, Paradis approche son nez du fumet brûlant.

— Y a pas de goutte ? il demande.

— Y'en a, soupire le patron.

— Une gouttelette, alors, sourit Paradis en vidant la tasse.

Quand Paradis pousse la porte, comme pour l'Andouille et Ivan, Lucien Pradon verse une tristesse de calva dans le café, juste de quoi agacer la gorge d'après nuit.

— Ben merde, dit Paradis.

Ce matin, le café du bosco est fermé. Il fait noir dedans. Sur un papier, contre la porte, avec son écriture bleue, Lucien Pradon a écrit :

Mercredi 9 septembre.
Fermé pour cause de deuil

— Qu'est-ce qu'il y a ? demande Léo.

Il passait dans la rue en vélo. Il a vu Paradis, mains sur les hanches devant la porte fermée. Maintenant, il tape contre la vitre du plat de la main, le front collé contre le verre, cherchant à l'intérieur une ombre de Bosco.

— Qu'est-ce qui se passe ?

— Regarde ce qu'il a écrit.

Mercredi 9 septembre.
Fermé pour cause de deuil.

— Merde.

— On va prévenir les autres ? demande Paradis.

— Je file à *Ker Ael.* Tu vas chercher Madeleine ?

— Je peux, répond Paradis.

**

« *Extrait du rapport de mer établi le lundi 22 septembre 1930 par Émile Kersaho, brigadier du dundee* Petite-Manita, *de Groix.*

Je soussigné Émile Kersaho, brigadier du dundee Petite-Manita, *certifie ce qui suit :* Lorsque Petite-Manita *a pris la mer, le mardi 16 septembre 1930, le temps était beau, avec la promesse d'une belle pêche, comme ce fut le cas tout l'été. Le lendemain, pareil. Et encore les deux jours suivants. Le vendredi 19 septembre, le baromètre est descendu d'un coup, le ciel s'est gonflé et un fort suroît a levé une houle de plus en plus sévère. Nous avions réduit la voilure. Grandvoile à un ris, trinquette à un ris, foc de neuf. Le bateau était encore maniable et les lignes à la traîne. Vers quatre heures du matin, le pont était balayé par les lames. Le patron avait fait descendre 'Ti Bihan le mousse et aussi Flaherty, l'Irlandais de Bantry. Malo et Jean étaient de quart, et j'aidais Eugène à la barre qui répondait mal. Le dundee était à la cape, quand son bout-dehors a été cassé au ras de l'étrave. Les deux tangons se sont brisés d'un coup, emportant drisses et lignes, la trinquette a été arrachée, le petit foc emporté. Les thons, les tréteaux, le canot, tout a été enlevé par une seule lame. Ce n'était plus un vent, c'était quelque chose qu'aucun marin n'avait eu en mémoire. Jamais nous n'avons pu amener la grand-voile. Nous n'avons pas pu fuir. C'était trop tard. Le navire était désemparé. Malo s'est laissé tomber dans le panneau arrière pour éviter une lame. Mais Jean n'a pas pu. Il a glissé sur le pont, la jambe prisonnière d'un cordage qui l'a frappé de bord à bord comme un fouet, avant de le rouler dans la bâche qui recouvrait les poissons et de le jeter à l'eau. Il était un peu plus de quatre heures trente quand* Petite-Mamita *a été abordée par bâbord, éperonnée par un bateau que nous n'avons pas vu. Sous ce coup, soulevé par un terrible paquet de mer, le dundee du patron Eugène Pradon a chaviré. J'ai vu le patron passer par-dessus le bord et la coque faire eau. Le navire est resté quille en l'air pendant quelques secondes, puis il a été à moitié redressé par une lame, grâce au lest qui avait tenu, au démâtage et à l'arrachage des voiles. Je suis resté couché sur le pont, les mains agrippées à un câblot et la jambe gauche brisée. J'ai été secouru au matin par un cargo anglais. L'état de la mer n'a pas permis de donner la remorque. Un peu après, le navire est allé par le fond. »*

Madeleine et Paradis sont arrivés ensemble à *Ker Ael.* Paradis avait laissé sa mobylette devant le café. Il marchait vite en raclant sa jambe. Madeleine portait un bouquet d'hortensias mauves et bleus. Durant tout le trajet, ils ne se sont pas parlé. C'est Paradis qui a poussé la barrière et c'est Madeleine qui a sonné la cloche en tirant sur le cordon.

— On entre ? demande Paradis.

— Attends de voir s'il est là, répond Madeleine.

Paradis approche l'oreille de la porte puis fait le tour par le jardin. Il entre dans la remise et revient.

— Bosco, tu es là ? crie Paradis.

Il enlève sa casquette de chasse, la froisse en boule et la met dans la poche de son blouson.

— Bosco ? C'est Paradis et Madeleine.

— Madeleine et Paradis ? Un mercredi ? C'est un mauvais présage, murmure Fauvette.

Ce matin, elle et son vieil homme n'ont pas quitté leur lit. Plus assez de force pour descendre jusqu'à la table. À ses côtés, Étienne dort. Ou fait comme. Il respire si paisiblement qu'il semble avoir renoncé. Hier soir, à table, une dernière fois, Fauvette a repris son crayon de papier. Il restait cinq cases vides dans son jeu, une seule définition, tout en bas à droite. Cela fait bien des jours qu'elle avait trouvé le mot, mais elle le gardait pour la fin. *Passent en silence* disait la définition. Fauvette a écrit le mot *Anges*, et puis elle a souri. Elle a levé les yeux sur Étienne, qui lisait le livre laissé ouvert par son frère Lucien.

ALFRED DE MUSSET
*Lettres à Lamartine
& poésies nouvelles.
1836-1852*

Comme à son habitude, Étienne avait posé son menton dans sa paume. Il lisait en silence, le doigt suivant le texte ligne après ligne.

*Et marchant à la mort, il meurt à chaque pas.
Il meurt dans ses amis, dans son fils, dans son père…*

Fauvette le regardait. Le visage de son homme était pâle comme un chiffon à craie. Il lisait dans l'obscurité. Elle écrivait dans la pénombre. Ils ne se parlaient plus. Fauvette le regardait et il l'a regardée. Leurs regards se sont croisés là, au-dessus du champ de coquelicots passés. Il a regardé sa Fauvette, elle a regardé son vieil homme. Ni l'un ni l'autre n'ont pu tendre la main. Ils se sont pris des yeux, longtemps, sans ciller, sans rien voir que le pâle de l'autre, tellement, qu'une larme s'est faufilée et chez elle et chez lui. Une larme qui a coulé sur leurs deux peaux en ne faisant plus qu'une. Et puis ils sont montés pour regagner leur lit. Étienne d'abord, de son pas lourd. Et puis Fauvette, la main sur la rampe de bois et le souffle coupé.

Et maintenant, ils reposent, dans les draps frais qu'avait tendus Madeleine pour eux.

— Paradis sans sa mobylette, Madeleine à la porte, Lucien dans le salon qui ne leur ouvre pas, ce n'est vraiment pas bon signe, murmure Fauvette une fois encore.

Elle pose sa main glacée sur celle de son mari. Une main légère, diaphane, une main de veines sombres et de soie froissée. Elle tourne légèrement la tête. Il respire. Il attend que les bruits cessent, que la lumière s'éteigne, que les souffles s'éloignent, que tous sortent et que la veilleuse des âmes reprenne vie.

*
**

— Tu nous as fait peur Bosco, dit Paradis en montant les marches.

Lucien Pradon ouvre la porte. Il regarde Madeleine et Paradis.

— Les autres ne sont pas là ?

— Léo arrive.

— Léo arrive, répète le bosco en s'effaçant.

Au salon, il tire les rideaux, ouvre les fenêtres, les volets, il laisse venir la lumière dorée de septembre.

Madeleine prend le vase posé sur la commode.

— Laisse ça.

— Et les fleurs ?

— Tu les ramènes chez toi.

— Ça ferait plus gai quand même, dit-elle.

Elle tient son bouquet à la main, elle regarde autour d'elle et le pose sur la commode à côté du bougeoir au chat.

— Voilà Léo et Ivan, dit Paradis.

Ils montent les marches et pénètrent au salon.

— Qu'est-ce que tu fous, Bosco ? demande Ivan.

Lucien Pradon est assis à la table, avec Madeleine. Paradis est à la fenêtre, qui guette la rue.

— J'attends que tout le monde soit là.

Léo s'essuie les pieds sur le paillasson. Il enlève sa casquette. Il a le cœur serré.

La dernière fois qu'il est venu ici avec Angèle, sa femme, c'était quelques jours avant sa mort. Étienne était assis là, à la place du bosco, il lisait. Fauvette était dans la cuisine, elle préparait le repas du soir. Ils étaient invités à dîner. Fauvette est sortie à leur rencontre. Elle a pris leurs manteaux. Elle souriait. Étienne a ri tout le repas et Angèle faisait des mines. À la nuit, avant qu'ils ne repartent, Angèle a aidé Fauvette à trouver un mot fléché et Étienne a emmené Léo au grenier. Lorsque Léo a vu la veilleuse, posée contre sa lucarne, face à l'ouest, il s'est senti fragile. Il avait un peu bu. Il s'est adossé au mur.

— Tu te souviens d'elle ? a demandé Étienne en montrant la lanterne.

— Tu parles. C'est ce que j'appelais *la veilleuse des ânes*, a répondu Léo en souriant.

Étienne a caressé le bois, le verre, le cuivre.

— Elle marche à l'électricité maintenant ?

— Depuis longtemps.

Les deux hommes regardaient le halo.

— Qu'est-ce que tu nous avais fait peur avec ton histoire.

— Avec son histoire, a souri Étienne.

La veilleuse brillait d'une lumière étrange. L'ampoule était normale, ovale et torsadée, l'une de ces ampoules qu'on visse sur les appliques d'un couloir. Mais sa clarté était différente de tout ce que Léo avait vu. Elle ne scintillait pas, elle palpitait. Elle frémissait comme une lueur ancienne, baissait en intensité, remontait, brûlait en flamme de bougie.

— Pourquoi ce n'est pas une lumière continue ? Elle est en peine d'âme.

— On redescend ? a demandé Léo.

Il avait froid. Il entendait le rire de Fauvette au

salon et aussi celui d'Angèle. Il voulait quitter le
grenier devenu phare lugubre.

Étienne a encore souri.

— Elle m'attend, a-t-il dit en regardant la lampe.

— Arrête, t'es con de dire des choses comme ça.

— Ce n'est pas triste, c'est bien, a répondu
Étienne.

Le bosco a posé l'album au timbre devant lui, et
aussi le grand cahier bleu. Sous sa main, il y a un
livre ouvert avec une page cornée. Il a baissé la tête.
Il ne dit rien.

Paradis traverse la pièce. Il agite son trousseau,
prend machinalement sa petite clef de bronze et
s'approche du coucou suisse arrêté. Il le retourne,
ouvre la trappe en bois.

— Non, dit doucement Lucien Pradon.

— Non quoi ? Je ne la remonte pas ?

— Non, tu laisses comme ça.

— Pourquoi ?

— Parce que c'est fini.

Léo regarde le bosco. Ivan regarde Léo. Paradis
laisse retomber son trousseau et retourne la petite
horloge contre le mur.

— On attend Berthevin, dit encore le bosco.

— Pour faire quoi ? demande Paradis.

— Pour arrêter la promesse tous ensemble.

À son tour, Ivan prend place autour de la table,
et aussi Paradis, qui retourne le journal de Fauvette face à lui. C'est un exemplaire du *Courrier de
la Mayenne* du 7 novembre dernier. Le papier est

craquant de vieux et de soleil. Un crayon est posé
dans la pliure, un crayon de papier au bout de
gomme rose. Paradis sourit. Il reconnaît l'écriture
de Fauvette, son *R* à la jambe avant qui rebique en
arrondi comme une lettre de livre ancien. Cela fait
plusieurs mois qu'il va et vient ici, qu'il ouvre les
portes et remonte la petite horloge. Il est souvent
passé devant les mots fléchés de Fauvette mais il ne
les a jamais vus. Il pensait que c'était un journal
récent, ouvert là par le bosco et laissé sur la table
pour retenir un peu de vie en plus. Comme le bruit
de la cloche, le frais des draps tendus, les éplu-
chures dans la poubelle, les fleurs dans les vases, la
lumière par les volets ouverts, les bruits de pas
frappés exprès, les livres lus à voix haute, l'électricité allumée le temps d'une visite. Mais c'était le
dernier journal de Fauvette et son dernier jeu de
mots. Paradis pose son doigt sur le crayon, le fait
tourner sur ses faces. Il reconnaît l'écriture de Fauvette.

Une fois à la retraite, l'institutrice s'est trans-
formée en écrivain public. Elle n'avait ni le titre ni le
local, elle avait juste l'envie. C'est d'abord Paradis
qui est venu la voir. Il était au bourg depuis un an.
Le bosco lui avait dit de frapper à cette porte-là.
Paradis connaissait déjà *Ker Ael*. Quelques mois
plus tôt, Fauvette et Étienne l'avaient ramené chez
eux en pleine nuit, ivre et à demi-mort de froid.

Ils lui avaient offert le couvert et le toit en attendant qu'il ait sa première clef. Cette fois, Paradis
était venu debout et sobre. Il avait enlevé sa casquette de chasse sur le pas de la porte avant même
de tirer le cordon de la cloche. Il avait essuyé ses
semelles de travail et tendu à Fauvette la lettre qu'il
venait de terminer. C'était une annonce pour
la rubrique *rencontres* ou *mariages* du *Courrier*. Il
l'avait écrite avec ses mots à lui, mal appris, mal
entendus, mal compris.

— Bonjour Fauvette, le bosco a dit que tu
pourrais peut-être arranger ça, a simplement dit
Paradis.

Fauvette l'a fait entrer. Elle a lu l'annonce, a
souri. Paradis disait qu'il était ouvrier agricole,
qu'il était seul et aussi qu'il était malheureux.

— Et tu veux trouver une dame avec ça ? a ri
Fauvette.

— Tu dirais quoi, toi ?

— D'abord que tu as cinquante-deux ans,
ensuite que tu es salarié agricole, et que ton emploi
est stable.

— Stable ? a murmuré Paradis en faisant la
moue.

— À la terre, il y a du travail toute l'année, non ?

— Presque, oui. Quand c'est pas dehors, c'est
dedans à faire autre chose.

— Et tes employeurs, ils sont contents de toi ?

— Oui, je crois.

— Pourquoi ?

— Ils disent que je suis solide et heureux de vivre.

Fauvette s'est rapprochée de Paradis.

— Tu peux me redire ça ?

— Ma phrase ?

— Oui, juste ce que tu viens de me dire là.

— Ils disent que je suis solide et heureux de vivre.

— Et moi, je trouve en plus que tu es franc, droit, fiable et généreux. Le bosco dit que tu es plus sobre que beaucoup. Étienne pense aussi que tu es agréable et que tu mérites mieux que la solitude.

Paradis a rougi. Il tenait sa casquette entre ses doigts et il a demandé à Fauvette si elle pouvait écrire tout ça sur le papier.

Fauvette s'est assise. Elle a pris son stylo, tête légèrement penchée, ses *R* déployés avec élégance. Puis elle lui a tendu le papier en lui disant bonne chance.

Paradis a reçu deux réponses, deux dames veuves. Il a vu la première et n'a pas osé rencontrer la seconde. Il a dit que ce n'était pas grave, qu'il était habitué à vivre seul et qu'un jour, il trouverait bien quelqu'un comme lui.

⁂

— C'est le dernier jeu de Fauvette ? demande Paradis.

Le bosco le regarde, regarde le journal et hoche la tête.

— Je reconnais ses *R*, dit-il encore.

Ivan essaie de lire à l'envers. Il retourne la page de mots fléchés. *Niche pour chien*, dit une définition. *Anagramme*, a écrit Fauvette. Léo a tourné sa chaise vers la fenêtre. Il regarde au-dehors.

— Voilà Berthevin, dit-il.

Il se lève. La porte est ouverte.

— Qu'est-ce qui se passe ? demande Berthevin.

— On arrête, répond le bosco

— Mais c'est mon jour de visite.

— On arrête, répète le bosco.

Puis il se lève, va au fond de la pièce, s'adosse au mur et regarde le silence qui se fait. Il murmure.

— Comme vous le savez, le professeur ne viendra plus à *Ker Ael*. Après lui, Léo m'a dit qu'il n'avait plus envie.

— Plus le courage, dit Léo.

— Plus le courage, si tu veux. Je sais aussi que certains d'entre vous passent rapidement et repartent aussi vite en se disant que cela suffit bien.

Paradis baisse la tête. Berthevin veut protester.

— Laissez-moi parler. Je sais que tout le monde ici en a marre. Je sais aussi que vous avez tous été extraordinaires pendant tous ces mois et c'est ça aussi que je voulais vous dire. Merci.

Madeleine sort son mouchoir et enlève ses lunettes. Enfant, Madeleine pleurait beaucoup. Berthevin pensait même que l'expression populaire venait de là.

— Je vais vous demander de déposer la clef de
Ker Ael sur ce cahier bleu, continue le bosco.

Madeleine l'avait à la main, comme si elle se dou-
tait. Léo pose la sienne. Berthevin préférait se servir
chaque semaine dans la boîte ronde, derrière le bar.
Ivan place sa clef à côté des autres, avec le geste gris
de l'homme qui capitule.

— Je peux garder la mienne, Bosco ? demande
Paradis.

— Tu peux.

Le bosco va à la table. Il ramasse les clefs une à
une et les pose à côté du bougeoir blanc. Puis il
pousse la porte. Il tire les rideaux pour faire le
sombre.

— Ça va aller si je ferme tout ? demande le
bosco.

— Ça va aller, sourit Léo qui déteste la ténèbre.

Le silence revient. Paradis est bouche ouverte,
jouant avec ses clefs. Tête basse, Léo se cure le nez.
Berthevin regarde les coquelicots. Madeleine a
rangé son mouchoir dans sa manche.

— Et maintenant, on fait quoi ? demande Léo.

— Maintenant, on leur dit adieu, répond le bosco
dos au mur.

— Et on fait comment, pour leur dire adieu ?

— On les raconte, répond Bosco. On les raconte
quoi ?

— On parle d'eux une dernière fois.

— Entre nous ? souffle Madeleine.

— Pour nous, dit le bosco.

La pièce est dans la pénombre. Pas dans l'obscurité, mais dans un jour douteux. Les volets sont toujours ouverts, mais les lourds rideaux sont tirés. On dirait que la clarté n'ose. Tout à l'heure, le bosco a allumé la luciole. Elle promène sa clarté bleue sur les regards et les rides, sur les cheveux âgés, sur les mains tachées de vieux, sur les lèvres sans chair, les dos abîmés, les peaux crépuscule, les vêtements usés, les chaussures de pluie. Le bosco les regarde. Il les regarde comme on dit adieu, au plus loin de la jetée. Il les regarde un à une. Il les aime. C'est comme ça. Même Berthevin le simple, même Ivan le difficile, même Paradis qui chaparde quand on tourne le dos. Il les regarde et il se dit qu'ils ont tenu promesse. Qu'ils sont allés au bout du bout, vers la lumière de deuil, là où frèrent les hommes. Il les regarde. Ses yeux brûlent. Lucien Pradon, le bosco, le plus grand de tous. Il est adossé au mur de Fauvette, au mur d'Étienne, et ses yeux brûlent.

— Vous allez me parler d'eux une dernière fois, dit-il.

— Je veux commencer moi, lance Léo.

Le bosco le regarde.

— Pourquoi toi ?

— Parce que tout est de ma faute. Si j'avais fait ma visite comme d'habitude, on n'en serait pas là, il n'y aurait rien de changé.

— Ce n'est pas toi le problème, c'est nous tous, dit Berthevin. Blancheterre a commencé, et puis toi, et puis déjà chacun dans sa tête, alors arrête, s'il te plaît.

Léo avance le vieux fauteuil en cuir et s'assied.

— Il faut raconter quelque chose sur eux ? C'est
ça ?

— Il faut leur dire au revoir, répond le bosco.

— Mais en faisant quoi ? En parlant d'eux ?

— En racontant quelque chose d'eux et de nous.

— C'est comme ça qu'on va leur dire adieu ?

— C'est comme ça, dit le bosco.

Et puis il quitte son mur. Il s'assied sur le sol au
moment où Madeleine se lève.

— Je viens à côté de toi, dit-elle.

D'une main, il l'aide à se baisser. Elle a un petit
rire. Il y a longtemps qu'elle ne s'est pas assise par
terre. Elle se laisse glisser, jambes tendues, dos calé
contre la cloison. Berthevin prend la chaise vide et
s'installe. Paradis pose sa casquette de chasse sur
la table et s'assied dessus, sur une fesse, la jambe
gauche dans le vide. Ivan s'adosse à la commode. Il
décide de rester debout.

Le deuil de Léo, la chapelle Liseré
et quatre autres histoires

— Quand Angèle est partie, j'ai vécu dans le noir. J'ai arrêté de manger. Je voulais rester là, comme ça, à attendre. Un soir, Étienne est venu me chercher. Il ne m'a pas donné le choix. Il m'a engueulé doucement, les mains sur les épaules et il m'a installé ici, à *Ker Ael* dans la petite alcôve du haut. J'y suis resté deux mois. Je ne me levais pas. Je ne sortais pas. Fauvette m'apportait les repas comme à un malade. Un jour, elle s'est assise sur mon lit et m'a massé les mains. En partant, elle a déposé un livre de poésies sur la table de nuit. Elle avait corné une page. C'était un poème de Charles Péguy. Je ne me souviens pas de tout, mais ça commençait comme ça :

> *La mort n'est rien,*
> *Je suis seulement passé dans la pièce à côté...*

Léo raconte qu'il est resté au lit jour et nuit, triste et habillé. Il voulait presque mourir. Il se disait qu'à force, il s'en irait d'ennui rejoindre son Angèle.

Matin, midi, soir, Fauvette lui apportait un plateau-repas. Elle mélangeait les couleurs, les légumes et les fruits, elle déposait une fleur ici, un journal là. Elle laissait le plateau sur la table basse et s'en allait pour ne pas déranger. Étienne venait le soir. Il racontait Angèle. Il se souvenait tellement, si fort et si bien que Léo en souriait. Il la mimait sur son vélo, se moquant du bourg, traitant les gens de frileux et riant aux éclats. Il imitait son pas rapide et ample, ses mains sur ses hanches, sa voix qui aurait pu couvrir la rumeur d'une criée. Et puis un soir, après deux mois, lorsque Étienne est entré, il a trouvé Léo assis sur le lit, et ses chaussures lacées.

— On ouvre les volets ? a demandé Étienne.

Léo a hoché la tête. C'était un premier soir d'avril. Le ciel était sombre, avec une flaque de couleur qui errait au-dessus des arbres, du côté d'Ambrières.

— On va faire trois pas ?

Léo a hésité. Il s'est levé. Il a posé sa main sur le mur. Étienne lui a donné le bras. Les deux hommes ont descendu l'escalier en silence. Dans le salon, Fauvette avait compris. Le bois fatigué lui disait que deux hommes venaient. Il y avait tout le lourd de son Étienne et un froissé fragile. *Entrée soudaine ? Apparition* a écrit Fauvette dans ses petites cases. Elle a levé les yeux. Pour ne pas l'effrayer de mots, elle a juste souri à Léo.

— On sort un peu, a dit Étienne.

— Bon air, a murmuré Fauvette.

Les deux hommes ne sont pas allés bien loin. Léo

ne voulait pas retourner au café du bosco, il voulait juste marcher sur la route du cimetière, en silence. La main de l'un appuyée sur le bras de l'autre. Arrivés à la grille ouverte, avec les croix qui dépassaient par-dessus le mur gris, Étienne a regardé Léo, et Léo a dit non de la tête. Alors ils sont repartis lentement vers *Ker Ael*, en laissant avril leur scintiller le front.

— Le lendemain matin, j'ai fait mon bagage et je suis rentré à la maison, raconte Léo. J'ai déplié le châle roux d'Angèle, je l'ai posé sur le dossier de notre fauteuil et je suis allé à ton café, Bosco, juste pour vous dire que j'étais revenu.

— Je crois que c'est tout, dit-il. C'est ça que je voulais raconter.

— Paradis ? demande le bosco.

Paradis se lève. Il saisit sa casquette de chasse, la met sur sa tête, hésite, la retire puis la remet. Il est au milieu de la pièce. Ses yeux sont presque clos. Il a pris toutes ses clefs dans sa main pour les empêcher de tinter.

— C'était en janvier, je dormais dans des cartons à la chapelle. J'avais mis une bâche à terre, et une couverture. J'avais fait un feu dans un coin et je m'étais endormi.

« C'était la nuit, dit-il en regardant les autres.

Paradis raconte qu'il était tout engourdi de gel. Chaque fois que les phares éclairaient la route, il se réveillait d'un sommeil écœuré. Il avait soif d'eau, lèvres sèches et tête lourde. C'est alors qu'une voiture s'est arrêtée. Paradis a pensé qu'on l'avait vu de la route, que le feu avait prévenu de sa présence, il ne savait pas trop. Étienne Pradon est entré. Il s'est agenouillé auprès de lui et a posé une main sur son front. Il avait enlevé son gant, sa paume était brûlante. Il lui a demandé de se réveiller. Il l'a demandé doucement, les lèvres à son oreille. Alors Paradis a ouvert les yeux.

Étienne rentrait d'un dîner d'anniversaire avec Fauvette. Ils étaient allés à Ambrié et revenaient au bourg. Ce n'était pas le feu, qu'ils avaient vu, mais la vieille mobylette de Paradis, couchée sur la terre gelée, contre le mur de la chapelle. Paradis était au bourg depuis quelques jours, peut-être quelques semaines. Il avait un peu erré entre le café du bosco, les rues et les regards. Avec sa fumée grise et son bruit de ferraille, sa mobylette était presque devenue familière. Une mobylette sang de bœuf, aux garde-boue repeints en gris. Au comptoir, quand les hommes lui demandaient où il vivait, Paradis parlait d'Ambrié, d'une chambre meublée près de la place de l'Église.

— Un taiseux, disait Étienne.

Chaque soir, on entendait sa mobylette quitter les champs et traverser le bourg. On le voyait prendre la route et personne ne soupçonnait qu'il s'arrêtait du côté de Grand-mare, bien avant Ambrié, devant la vieille chapelle Liseré. Que sa chambre, c'était ça. Des murs sans toit, sans porte,

sans fenêtre, un abri de vent garni de cartons. Pour
ne pas être vu de la route, Paradis entrait sa mobylette dans la ruine. Ce soir-là, gelé et ivre, il l'avait
laissé tomber contre les moellons, comme ça, de
fatigue et de découragement. Et puis Étienne était
passé en voiture.

— Quand j'ai ouvert les yeux, j'ai vu que c'était
lui, continue Paradis. Il a essayé de me lever, je ne
bougeais pas. Je n'avais pas envie de bouger. J'étais
comme en pierre avec ma jambe foutue. Il a appelé
Fauvette et ils m'ont porté dans leur voiture, à
deux. Ils ont laissé la mobylette comme ça. Ils
m'ont emmené chez eux. Fauvette disait qu'on ne
devait laisser aucun homme dans le froid. Elle
disait ça en regardant la route. Elle disait que c'était
une honte pour le bourg que je dorme à la chapelle.

Fauvette parlait avec des sanglots. Étienne
conduisait lentement, comme s'il transportait un
brûlé. Paradis avait posé sa tête contre la vitre. Il
regardait la nuit.

— Tout était dans le noir. Quand nous sommes
arrivés à *Ker Ael*, Étienne m'a déshabillé, entière-
ment. Il a fait couler un bain chaud et m'a aidé à
entrer dans la baignoire. Fauvette est venue avec un
grog. Elle l'a passé à Étienne pour ne pas entrer
dans la salle de bains. Et c'est lui qui l'a bu. Il m'a
passé son peignoir et il m'a fait coucher dans la
petite chambre du haut. Il m'a dit aussi que j'avais

fini de dormir dehors et qu'il allait me chercher un toit.

Paradis enlève sa casquette de chasse. Il la pose sur la table et se rassied dessus.

— Voilà, dit-il, c'était ça mon histoire d'Étienne et de Fauvette.

La cloche de l'entrée fait sursauter tout le monde. Lucien Pradon ne se lève pas tout de suite. Il se doute. Il attend le bruit de la clef dans la serrure pour aller à la porte.

— Salut prof, dit le bosco en lui rendant la main.

— Je suis passé au café, répond Blancheterre.

— Entre, dit Madeleine.

— Bosco ? répond le professeur comme on pose une question.

— Entre, répète le bosco.

Il s'écarte et Blancheterre passe le seuil. Il regarde la pièce dans l'obscurité bleue. Berthevin, Léo dans le fauteuil de cuir, Ivan debout contre la commode et Madeleine assise par terre. Il regarde Paradis qui s'avance.

— Tu dois rendre la clef de *Ker Ael*, dit-il en tendant la main.

Blancheterre interroge le bosco du regard.

— Tout le monde l'a rendue, petit. Pose-la près du bougeoir.

Blancheterre traverse la pièce. Il enjambe Madeleine, s'excuse, enlève la clef de son trousseau et la dépose sur les autres. Puis il se retourne.

— Je peux rester ?

Le bosco lui montre le sol d'un geste du menton.
Les deux hommes s'asseyent ensemble.

— Qui continue ? demande le bosco.

— Il faut expliquer au prof, propose Madeleine.
Le bosco regarde Blancheterre. Il explique

— On arrête les visites. Voilà. On arrête tout.
Tu voulais arrêter, Léo voulait aussi, tout le monde
voulait, alors on arrête. Il vaut mieux arrêter
comme ça, proprement, plutôt que de se mentir ou
de jouer la comédie.

— C'est pour ça que vous êtes tous là ?
demande Blancheterre.

— C'est pour ça, répond le bosco.

— Et vous faites quoi ?

— On raconte tous une petite histoire sur
Étienne ou Fauvette.

— Et vous en êtes où ?

— À toi, répond Ivan.
Blancheterre a la moue. Il lève une main.

— Je viens d'arriver. Quelqu'un d'autre, plutôt.

— Ivan ? sourit le bosco.
Ivan est toujours debout. Il lisse sa barbiche.
Lentement, il sort sa pipe de sa poche, une blague
et un briquet. Il regarde les autres, les yeux rieurs.
Il approche la flamme du fourneau, suçote le tuyau
tout mâché. Ivan fait de la fumée grise. Il passe le
pouce sous son revers.

— C'est une drôle de cérémonie qu'on fait là.

— Tu n'es pas obligé de rester, dit le bosco.

— Mais c'est quoi ? C'est de la religion ? C'est
de la magie ? C'est quoi ?

Lucien Pradon hausse les épaules.

— Appelle ça comme tu veux. Pour moi, c'est un hommage, c'est la mémoire, c'est l'amitié. Tu fais chier à m'obliger de redire ça.

— J'ai bien le droit de savoir où je suis, avec qui et pourquoi, reprend Ivan. J'ai l'impression que vous faites tourner des tables, avec cette lampe bleue, toute cette ombre et vos gueules sinistres.

— Pas de ça Ivan, lâche le bosco.

— Mais vous nous avez vus ? En rond dans cette pièce à raconter des histoires de morts ? J'ai quand même bien le droit de dire ce que je pense ou alors ce n'est pas la peine de discuter.

— C'est vrai qu'il a le droit, intervient Madeleine. Il a fait sa part de visites comme nous, sans jamais se plaindre.

— Je veux juste comprendre à quoi ça sert, ce qu'on fait là.

— À nous souvenir, dit le bosco.

— On n'a pas besoin de raconter des histoires pour ça.

— Et aussi à ce qu'ils nous entendent avant de partir, ajoute Madeleine.

— Mais ils sont partis ! Cela fait dix mois qu'ils sont partis !

— Pas tant que nous sommes là, Ivan, murmure le bosco. Après, une fois qu'on sera tous sortis et qu'on aura fermé la porte, oui, ils seront partis. Mais tant que nous sommes dans cette pièce, ils sont assis avec nous et ils nous écoutent.

Madeleine se signe sans y penser. Ivan secoue la tête.

— Tu as d'autres questions intelligentes ? lui demande le bosco.

Martin Guittard lève sa pipe pour dire que non. La lumière balaie son front abîmé, son crâne chauve, son visage sec.

— C'est à toi de raconter, répète le bosco.

Ivan lève les yeux vers le frère d'Étienne. Il s'adosse au mur, ôte sa pipe de ses lèvres et la garde à deux mains, devant lui, comme s'il se réchauffait.

— Tu étais là, dit-il à Berthevin et toi aussi, Léo. On allait jouer la partie de cartes. C'est le jour où j'avais apporté une photo de Lénine pour vous montrer à quoi il ressemblait. Et vous m'avez fait chier en riant, comme d'habitude. Toi, Berthevin, tu as dit que j'étais aussi moche que lui et que ce n'était pas normal de vouloir ressembler à quelqu'un.

Ivan regarde Léo.

— Toi je ne me souviens plus, mais tu as rigolé comme les autres. Alors j'ai quitté la table et puis je suis sorti. Étienne m'a rattrapé sur la route. Il m'a demandé où j'allais comme ça. Il m'a dit qu'il ne fallait pas que je claque les portes à chaque fois et que j'avais fait tomber ma chaise en partant. Il faisait beau. On a remonté la pente Landry. Il m'a dit que je devrais retourner m'excuser auprès de toi, Bosco, et aussi auprès de vous autres. Il marchait à côté de moi avec les mains dans le dos. Et puis il m'a demandé de lui parler d'Argentan, de mon travail, des gars du rail, de nos grèves, il m'a demandé ce que j'avais au front, la cicatrice laissée par une trique de police, comment j'avais été licencié après avoir frappé un jaune. Il m'a bien écouté pendant vingt minutes, comme ça. On a tourné en rond. Quand on s'est quittés, il m'a serré la main. Jamais il ne m'avait serré la main. Il a gardé ma main dans la sienne en disant qu'il aurait aimé avoir quelqu'un comme moi à ses côtés à d'autres moments de sa vie, pendant la Résistance ou derrière les barbelés de Dora. Il a dit que j'étais un camarade. Un bon camarade. Ensuite on est retournés à ton café, Bosco. Il n'est pas entré. Il m'a fait signe de pousser la porte et il est parti. Et puis moi je suis revenu à la table, et je me suis excusé auprès de vous.

Ivan se déplace. Tous le suivent des yeux. Il ouvre la porte, cogne sa pipe éteinte contre le chambranle extérieur, referme la porte et retourne à la commode.

— Voilà, dit-il, moi je n'ai rien d'autre à vous raconter.

Blancheterre lève la main. Il fait comme un gamin de sa classe. Il est le plus jeune, le plus éduqué, le plus précieux, aussi. Il parle un peu pointu avec un regard droit.

— À toi ? demande le bosco.

— Je vais chercher un livre dans la bibliothèque, dit le professeur en se levant.

Il enjambe Madeleine en s'excusant une fois de

plus, se dirige vers sa luciole bleue et prend un volume posé sur les autres, tout en haut du rayonnage. Il l'ouvre. Il avait glissé un papier jaune pour marquer la page.

— C'est ce que je m'étais promis de lire dimanche, pour ma dernière visite.

Il reste dos aux étagères, l'ouvrage en main. Il s'éclaircit la gorge, poing fermé devant la bouche.

— Je vais vous lire quelques lignes d'un poème que René Char a écrit en 1944, lorsqu'il était dans l'armée secrète.

Le bosco regarde Blancheterre. Fauvette l'appelait *le petit monsieur.* Par sa démarche, ses manières de la ville, son goût pour les livres et pour la parole, son habitude de ne rien boire qui fasse tourner la tête et parler de côté. Ivan crache sa toux sèche. Le professeur attend que le silence se fasse. Il pose le regard sur la page. Il lit :

> *À présent disparais, mon escorte, debout dans la*
> *   distance ;*
> *La douceur du nombre vient de se détruire,*
> *Congé à vous, mes alliés, mes violents, mes indices,*
> *Tout vous entraîne, tristesse obséquieuse.*
> *J'aime.*

Blancheterre repose le livre sur le dessus des autres. Il enjambe Madeleine et se rassied.

— Quand Fauvette était institutrice à Laval, elle avait l'habitude de réunir ses élèves comme nous ici, juste avant la fin de la journée.

L'hiver, il faisait nuit, raconte le professeur. Fauvette ne laissait qu'une lampe allumée au plafond. L'été, le soleil entrait à pleines brassées dans la pièce. Lorsqu'il ne restait plus que cinq minutes avant la sonnerie, elle faisait lever les écoliers pour la rejoindre sur l'estrade, assis autour de son bureau. Elle disait que c'était *l'heure du silence.* Chaque soir, elle leur lisait un peu de poésie. Elle cherchait le simple au milieu des sonnets, le plus facile à lire et à comprendre, elle cherchait des mots pour les enfants. Et tant pis si ce n'était pas le début, pas la fin, tant pis si c'était quatre strophes au milieu du poème. Un peu de Victor Hugo, un peu de Mallarmé, un peu de Heredia et les gamins prenaient la mer, le soleil levant, les nuages de pluie, ils frissonnaient de bateaux chavirés, de cœurs blessés, de mains ouvertes, ils écoutaient ces phrases soyeuses, tous ces mots rassemblés en musique, ils riaient lorsqu'ils parlaient d'amour, bruissaient quand ils disaient le danger, se figeaient aux échos de la mort. Et chaque soir, rentrant chez elle, Fauvette cherchait quelques rimes pour le lendemain.

— Et puis un jour, longtemps après, alors que j'étais jeune professeur, j'ai revu Fauvette à Mayenne, continue Blancheterre. C'était en mars, il y a plusieurs années. René Char venait de mourir à Paris. J'avais lu dans *Le Courrier*, qu'un cercle de poésie changeait l'ordre du jour de sa réunion mensuelle pour rendre hommage au poète. Fauvette était la présidente de ce petit club. Dans la pièce, nous étions une quinzaine. Elle ne m'a pas reconnu tout de suite, moi si. Fauvette nous avait proposé « *Le visage nuptial* ». Je suis allé la voir après sa lecture. Elle m'a pris dans ses bras.

Fauvette avait les larmes aux yeux, Blancheterre avait les mêmes. Ils ont parlé dans le froid, sur le pas de la porte. Elle avait posé la main sur son bras. Ils étaient si près l'un de l'autre qu'ils semblaient des amants. Fauvette lui a dit qu'en classe, il était un peu son préféré. Il a demandé pourquoi. Elle a ri. Elle lui a dit qu'enfant, il lui rappelait un garçon qu'elle avait tant aimé.

— Nous nous sommes revus presque chaque mois pour d'autres lectures. Puis l'association a espacé les soirées. La dernière a eu lieu quelques semaines avant la mort de Fauvette. C'était à mon tour de lire. Elle était très fatiguée. Étienne venait la chercher de plus en plus tôt. Il fallait l'aider à se lever et à s'asseoir. Plusieurs fois, elle a fermé les yeux, comme assoupie. En son honneur, pour elle seule, j'ai relu le poème de René Char. C'est le début de ce poème que je viens de vous lire.

Blancheterre croise les bras. Il tourne le regard vers la bibliothèque. Il remue les jambes. Il est ému.

— Voilà. Je ne sais pas si c'est ce qu'il fallait raconter, mais voilà. C'est ça, mon histoire. C'est ce que j'avais envie de dire.

Assise à côté de lui, Madeleine pose sa main sur celle du jeune homme. Pas même une caresse. Un frôlement, une aile de papillon, juste un souffle de peau.

— C'est ça qu'il fallait raconter, sourit le bosco.

Blancheterre répond au regard ami. Il paraît soulagé pour tout.

— Madeleine ?

Madeleine lève la tête. Elle époussetait son gilet de laine.

— Moi, je n'ai rien compris à cette poésie et puis j'ai pas grand-chose à raconter non plus. Parce que vraiment, je ne sais pas raconter les choses comme vous. Tout ce que je peux dire c'est qu'ils me manquent, que Fauvette me manque, qu'Étienne me manque, qu'il nous manque quelque chose à nous tous et c'est tout. Et je veux dire aussi que ce n'est pas parce qu'on arrête la promesse qu'il faut les oublier. Je ne sais pas si Fauvette et Étienne nous entendent là où ils sont, mais c'est ce que je voudrais leur dire. Et puis comme ça me donne envie de pleurer, je vais arrêter là. Je préfère vous écouter, et c'est tout.

— Tu ne veux pas essayer quand même ? insiste le bosco.

Madeleine tord ses lèvres, lève les sourcils, son visage dit qu'elle cherche quelque chose à raconter.

— La petite horloge suisse ? lui souffle Léo.

— Ça compte, ça ? demande Madeleine.

— Moi je trouve ça très bien, sourit encore Léo.

— Vas-y pour l'horloge, encourage le bosco.

— Non mais… C'est gênant. Et puis ce n'est pas grand-chose.

— Allez, sourit Léo.

Madeleine tire sur son gilet. Elle remarque une tache blanche sur une boutonnière et la gratte avec son ongle.

— Bon, eh bien un jour je faisais le ménage à *Ker Ael* et j'ai fait tomber la petite horloge suisse. Je ne sais pas comment je m'y suis prise, j'avais voulu la dépoussiérer et je l'ai posée sur la table. Quand le coucou est sorti en piaillant, la fenêtre de l'horloge a claqué si fort que j'ai sursauté. J'avais mon chiffon à la main et j'ai tapé sur le coucou sans réfléchir.

L'horloge est tombée à terre et le coucou s'est cassé en deux. Madeleine raconte qu'elle a ramassé la tête de l'oiseau. À côté, sur le sol, il y avait une pièce du mécanisme, une tige de métal qu'elle n'avait pas vue. Elle a remis la tête du coucou dans l'horloge et refermé les volets de bois. Lorsque Fauvette est rentrée des courses, Madeleine faisait les carreaux. L'horloge a tinté, mais l'oiseau n'est pas sorti. Elle a tinté métal, comme un ressort qui se détend. Fauvette avait encore son cabas à la main, son manteau. Elle s'est approchée du coucou, elle a ouvert la trappe. Elle a vu le sinistre. Délicatement, elle a pris la tête de l'oiseau entre ses doigts.

— Tu as remarqué ça, Madeleine ? elle a dit.

Madeleine a rougi. Elle a dit non, qu'elle n'avait pas fait attention.

— C'est embêtant parce qu'Étienne y tient. Ça lui venait de sa mère.

Madeleine a continué ses carreaux. Elle frottait fort, au papier journal. Elle tremblait un peu. Fauvette l'impressionnait. Elle ne pouvait pas avouer quelque chose d'aussi immense. Elle regardait son reflet dans la vitre. Fauvette était bras levé, à tripoter la petite fenêtre de bois.

— Tu ne sais vraiment pas ce qui s'est passé ?

— Non, a répondu Madeleine.

— Bon, alors tant pis pour le coucou.

Et puis Fauvette s'est retournée vers le mur, et elle a renversé le vase bleu qui était sur la commode. Elle l'a renversé comme ça, brutal, d'un coup de coude. On aurait dit qu'elle l'avait fait exprès. Madeleine s'est précipitée pour ramasser les éclats de terre cuite.

— Décidément, c'est le jour, a murmuré Fauvette. C'est un vase de rien du tout, mais Étienne y tient parce qu'il ne sert qu'une fois l'an, pour mettre notre rose de Saint-Valentin.

Fauvette était à genoux, Madeleine aussi, chacune à picorer les fragments bleus sur les tommettes rouges. Et Fauvette a pris le morceau de métal du coucou entre ses doigts. C'était une fine tige argentée, encore fichée dans un lambeau de bois rouge qui appartenait au coucou. Elle l'a regardé un instant, l'a fait tourner entre ses doigts.

— Écoute, a dit Fauvette, je suis très embarrassée pour le vase et je sais qu'Étienne va être un peu bougon, mais en même temps, je ne peux pas faire comme s'il ne s'était rien passé.

Et Fauvette a tendu la tige métallique à Madeleine.

— C'est une question de confiance, tu comprends ?

— J'ai fait oui de la tête, raconte Madeleine. J'ai pris le bout de métal. Fauvette m'a regardée, comme jamais elle ne l'avait fait. Elle souriait. J'ai pensé à une statue d'église. Je ne sais pas pourquoi. Elle était déjà bien malade, elle avait maigri, elle avait encore son fichu sur la tête, comme une Vierge Marie. Elle avait des yeux très clairs et très purs. Elle m'a dit :

— Tu sais ce qu'on va faire ? J'avoue à Étienne pour le vase et toi tu lui dis pour l'horloge ? D'accord ? Et demain, tu verras, on sera soulagées toutes les deux.

— J'ai dit oui de la tête, sans trop la regarder.

Madeleine empêche une larme. Le silence est au complet.

— Voilà, c'est tout pour mon histoire, dit-elle.

Ivan lui fait un geste qui veut dire le respect.

— C'est bien quand tu n'as rien à dire, lui sourit le bosco.

Il regarde sa montre.

— On arrête ? On reprend après déjeuner ?

— On continue Bosco, dit Berthevin. On est là, on continue.

— Les autres en pensent quoi ?

— Pas faim, dit Léo.

— Sauter un repas, ça ne peut pas faire de mal, sourit Madeleine, tout émue d'avoir avoué le coucou.

— Ivan ? Mado ? Prof ? Paradis ? interroge le bosco.

Une main s'agite, un mouvement de menton, une tête hoche en silence. Tous restent. Le bosco se lève lourdement. Il prend appui sur le sol, puis la chaise, puis la table aux coquelicots.

— Je vais chercher de l'eau, dit-il.

Madeleine plaque la main sur ses lèvres. Jeudi dernier, lors de la visite, elle a oublié de remplir la carafe pour la mettre sur la table d'Étienne et Fauvette, avec leurs verres, leurs couverts et leurs assiettes. Cela fait plusieurs semaines déjà qu'elle ne disposait plus leurs serviettes non plus.

L'eau coule à la cuisine. Lucien Pradon revient.

— Berthevin ?

L'Andouille regarde le bosco, se déplie et se lève de sa chaise.

— J'ai des fourmis dans les jambes, dit-il.

Il passe une main sur son visage grêleux. Il va aux rideaux tirés, lève un pan, regarde le jour à travers les interstices du bois.

— Vous vous souvenez quand j'ai déconné avec ma belle-mère ? commence Berthevin. Je vous avais raconté ça au café du bosco, un dimanche.

Les hommes hochent la tête.

— Je crois qu'il y avait toi, Léo et aussi ton Angèle.

Il fait signe que oui.

— Tu étais là, Madeleine.

Elle sourit.

— Ivan, tu étais là aussi. Tu venais d'arriver au village.

— C'est ça, confirme Ivan.

— Paradis, tu étais là aussi.

— Je me souviens bien.

— Bien sûr, tu étais là, Bosco, et il y avait aussi Étienne et Fauvette.

Berthevin passe la main sur son visage. Souvent, il fait ce geste, comme s'il grattait des boutons anciens.

— Quand je vous ai raconté ça, vous n'en reveniez pas. Je crois que quelqu'un m'avait demandé pourquoi Clara ne m'adressait plus jamais la parole et comme j'avais jamais raconté, je me suis dit que c'était le moment.

Le bosco a placé son menton dans sa paume et posé son coude sur sa cuisse. Il regarde Berthevin.

— Donc j'ai raconté. J'étais bourré. Je crois que tout le monde a un peu ri.

— On était plutôt gênés, intervient Madeleine.

Berthevin lève une main pour faire taire

— D'accord, plutôt gênés, mais tout le monde a ri, dit-il. C'est pas ça, l'important. Le soir du dimanche, on a sonné à notre porte. Clara est allée ouvrir. J'ai entendu chuchoter dans l'entrée et elle est revenue avec Étienne.

Berthevin raconte qu'il était seul à table. Depuis la fête des moissons, Clara mangeait à part, dans la chambre, son assiette posée sur le lit. Alors il s'est levé. Il a cru qu'il était arrivé quelque chose à Fauvette. Que la saloperie qui la rongeait depuis des mois l'avait emportée dans l'après-midi. Il s'est levé mais Étienne lui a fait signe de se rasseoir.

— Tu veux prendre une chaise, a demandé Clara.

Étienne a hoché la tête.

Il aimait bien cette fille. Depuis que Berthevin avait violenté sa mère, on ne la voyait plus au café du bosco et moins au village. Il l'aimait bien parce qu'elle était discrète, souriante et plus intelligente que bien des gars d'ici. Lorsqu'il réunissait son assemblée d'enfants, à la bibliothèque, c'est elle qui posait le plus de questions. Lorsqu'elle s'est mise avec Berthevin, personne n'a compris. Lui, a du mal à lire. Sans lui, elle aurait pu être quelqu'un. Jamais l'Andouille et Clara n'ont formé un vrai couple. Les hommes la trouvent lointaine et froide, les femmes, hautaine et méprisante. Étienne a toujours pensé qu'elle était complexée par sa taille. Même Berthevin qui est grand, lui arrive aux épaules.

Étienne s'est assis. L'Andouille a servi un peu de vin dans son verre et l'a poussé vers le visiteur. Mais Étienne a levé la main pour dire non.

— Je pars ou je reste ? a demandé Clara.

— C'est Berthevin qui part faire un tour, a répondu Étienne.

L'Andouille a ouvert la bouche. Il n'a pas compris.

— Je pars où ? il a demandé.

— Faire un tour, comme après ton café, a répondu Étienne

— Maintenant ?

— S'il te plaît, oui.

Alors Berthevin s'est levé. Il a mis sa veste. Il a regardé Étienne, Clara, il avait le visage très pâle.

— Il n'est rien arrivé de grave ?

— Ne t'inquiète de rien, a répondu Étienne.

Et puis il a attendu que la porte se referme avant de parler à Clara. D'abord, il lui a dit qu'il l'aimait. Qu'elle restait pour lui la grande petite Clara, avec toutes ses questions au cœur. Il lui a dit qu'il n'avait pas su pour la fête des battages, que personne ne savait. Que son mari avait raconté tout ça aux autres, ce midi, au café du bosco. Il a dit qu'il était désolé de ce qui était arrivé. Que c'était terrible, et injuste, et humiliant. Il a dit qu'il avait été blessé par cette histoire. Il a dit qu'il avait du respect pour sa mère Rebours. Il a dit qu'il comprenait très bien le silence de Clara. Qu'il comprenait aussi qu'elle reste avec son homme, parce que l'ailleurs est glacé. Il a dit qu'il souffrait pour eux deux, parce que Berthevin souffrait aussi. Il a raconté ce que Clara savait déjà, peut-être, pas tout à fait, pas complètement. Il a raconté le père du petit Berthevin qui se sauve avec une femme, sa mère qui se pend dans la grange, à sa naissance, encore maculée de son sang. Il a raconté le bébé sauvé par l'oncle, puis l'enfant difficile, puis l'adolescent bredouillant, et enfin l'homme qui manque d'homme. Il a posé sa main sur la main de Clara. Elle pleurait. Elle pleurait en secouant la tête. Elle disait non à tout, non de tout, elle disait qu'elle voulait mourir. Il lui a demandé s'il ne valait pas mieux que tous les deux se parlent, qu'elle le fasse raconter, dire et puis qu'elle raconte et dise à son tour. Il lui a murmuré que le silence les tuait. Et puis il s'est levé. Et il l'a embrassée. Il a pris sa figure barbouillée entre ses mains et lui a demandé de vivre.

— J'ai fait ce qu'Étienne voulait, continue Berthevin. Je suis allé faire un tour jusqu'au monument aux morts. Et puis je suis retourné par le cimetière. Je n'ai pas croisé Étienne. Il était déjà parti. Quand je suis rentré à la maison, tout était éteint. Clara était couchée. Il y avait son mouchoir mouillé sur la table et un mot à côté. Elle m'avait fait un mot. Le premier depuis la fête des moissons. « *Je ne peux pas te pardonner. Je suis désolée* », avait écrit Clara. Alors j'ai compris qu'Étienne lui avait demandé quelque chose. Je l'ai revu plus tard, je lui ai demandé et il m'a raconté. C'est le seul de vous tous qui soit venu nous voir.

Berthevin se frotte le front, passe la main dans ses cheveux. Il ressemble à son enfance. Il a les épaules basses. Il est tête rentrée. Il ne regarde plus personne et plus rien.

— Voilà, c'est mon histoire. Elle n'est pas

comme les vôtres, il lui manque un milieu et une fin, mais c'est la seule que j'ai.

— C'est bien que tu l'aies racontée, dit Madeleine.

— Bien ou pas, je m'en fous complètement, lui répond Berthevin.

— Il s'en fout ? Tu crois ? demande Fauvette.

Étienne a les yeux fermés, comme quand la mort vous gagne.

— Il est bouleversé, répond son mari.

— Tu crois que les autres le savent ?

— Qu'est-ce que nous savons les uns des autres ?

Elle regarde son vieil homme. Elle sourit. Ils entendent la vie qui murmure dans la pièce du bas. Ils ne les voient pas, ils les imaginent. Paradis doit être assis sur sa casquette, Léo doit se gratter le nez. Lorsque Madeleine prend la parole de sa voix minuscule, Fauvette sent son cœur qui tremble.

— Plus pour bien longtemps, murmure Étienne.

— Pourquoi dis-tu cela ?

— Toi tu penses qu'ils nous maintiennent en vie, et moi je dis qu'ils n'en ont plus pour bien longtemps.

— C'est long dix mois, tu sais ?

— Je sais.

— Ils ont fait ce qu'ils ont pu.

— Je sais.

Étienne pose sa main sur celle de Fauvette. Le froid de l'un passe au glacé de l'autre. Ils sont couchés dans leur lit, sur le dos, ils regardent le plafond blanc, ils guettent les voix du salon, ils ont écouté Léo, Paradis, Blancheterre, Berthevin et Madeleine.

— Il va falloir se dire adieu, mon vieil homme ?

Fauvette ne pensait pas qu'elle ressentirait une telle peur. Elle pensait que l'effroi s'en allait avec la vie. Elle sent les doigts d'Étienne qui étreignent les siens. Elle ne peut plus bouger. Depuis que la décision de cesser les visites a été prise, elle est déjà comme morte. Avec une infinie lenteur, elle tourne la tête sur le grand oreiller. Étienne est de profil, les yeux fermés. Il est beau, juste beau.

— Pourquoi as-tu fait ça ? demande-t-elle.

— Pour te rejoindre, murmure son vieil homme.

— Tu m'aurais retrouvée un peu plus tard.

— Je ne voulais pas te perdre du cœur.

Elle ferme son regard. Leurs mains ne font plus qu'une. Elle redresse la tête. Elle attend que Lucien les pousse tous ensemble vers la porte, qu'il parcoure seul et une dernière fois chaque pièce puis qu'il sorte à son tour et qu'il fasse silence. Elle attend la mort. Celle qui ne prend pas par surprise. Celle qui patiente dans le couloir. La mort, pas l'Ankou qui grince sa charrette de bois mais la mort, la vraie, l'oubli dans le cœur des hommes.

— Je crois qu'il ne faut plus parler, dit Étienne.

— Je sais, répond doucement Fauvette.

Leurs mains se serrent, puis se défont, doigt à doigt comme une corde qui cède. Elles se séparent en silence, elles glissent sur le frais des draps de

Madeleine. Elles se séparent. Elles sont séparées. Ils reposent côte à côte comme des gisants de pierre. Fauvette ne savait pas qu'il lui restait une larme. Une seule, la dernière, une perle d'eau qui caresse ses cils et descend sur sa tempe comme une peur grise.

— Je t'aime, murmure Fauvette.

— Je t'aime, dit aussi son vieil homme.

La mort de Fauvette
et la mort d'Étienne

D'abord, Ivan est resté à la porte de l'église.

— Moi vivant, jamais ! a dit Ivan.

Il avait mis un costume sombre sous un manteau sombre. Pas noir, mais un vieux gris qui sonnait bien avec le glas. Madeleine l'avait embrassé devant la grille. C'était la première fois qu'elle embrassait Ivan. Madeleine était chagrin d'enfance, avec un foulard veuve et des cernes de veille. Chaque fois qu'une tristesse amie venait à sa rencontre, elle tamponnait ses paupières lourdes. Paradis avait enlevé sa casquette de chasse, son bleu, son gilet. Léo lui avait prêté une chemise raide, une cravate et une veste marron. Il avait passé le pantalon sur ses bottes de travail et endossé une canadienne. Paradis ne tintait pas. Il n'avait aucune clef à la bretelle. Il venait en silence, juste triste. Léo avait mis le costume qu'il portait pour quitter son Angèle. Il marchait à côté du jeune Blancheterre en deuil, poussant son vélo, comme un père et son fils revenus de la ville. Berthevin n'était pas seul. Clara marchait à ses côtés. Ils ne se parlaient pas, mais ils venaient ensemble. Le bosco a descendu les marches pour aller à leur rencontre. Il a enlacé la grande Clara par la taille et Berthevin par l'épaule. Ils sont restés comme ça, tous trois, serrés un long instant, la main de Clara et celle de son homme presque de peau à peau.

— Merci, a dit Lucien Pradon.

— C'est pour Étienne et Fauvette, a répondu Clara.

— Merci, il a simplement répété.

Lorsque tous ont commencé la lente montée des marches, Ivan est resté à la traîne en secouant la tête.

— Pour le bosco, lui a dit Madeleine.

— Moi vivant, jamais ! a répondu Ivan.

— Et tu vas faire quoi ?

— Attendre.

Madeleine a regardé le ciel. Elle a haussé les épaules.

Tout le village était là. Et aussi des visages d'ailleurs. Il y avait même Sophie, la jeune gendarme, venue tout exprès de Mayenne en uniforme pour représenter sa brigade. Le bosco était au premier rang, entouré par Madeleine et Clara. Les hommes étaient assis derrière, serrés sur le banc de bois. Il faisait froid glacé. Le jour entrait à peine par le vitrail de la nef. Le bosco, Léo et Berthevin avaient aidé à placer les deux cercueils côte à côte dans le chœur. Étienne avait voulu quelque chose de simple. Il en avait parlé à son frère lorsque Fauvette s'éteignait. Deux cercueils de sapin blanc, quatre poignées, un capiton gris perle pour que le corps semble en repos, une croix chacun et une plaque simple, en laiton, avec juste les prénoms de baptême.

C'est au moment où le père Gournay parlait de Fauvette qu'Ivan est entré dans l'église. Il a remonté l'allée, dépassant l'une après l'autre les rangées silencieuses. Il avait les mains dans les poches, puis dans le dos, puis jointes sur le devant. Il cherchait les autres. Il a passé sa main dans ses cheveux et s'est assis en bout de rangée, à côté de Paradis. Il a fallu lui faire un peu de place. Tout le monde s'est poussé. Il ne regardait rien. Il faisait sa tête d'Ivan pas content. Quand les fidèles se sont levés pour répondre au curé, il s'est levé aussi. Son regard a croisé celui de Léo. Il a haussé les épaules. Il a regardé le curé. Il a regardé le vitrail bleu, la grande croix, le carrelage noir et blanc. Il a regardé l'autel, la nappe, le dos du curé, encore, penché sur le calice. Il a regardé le grand lustre. Il a regardé Jeanne d'Arc, debout dans son coin d'ombre. Le curé d'Ars qui faisait face, avec son pauvre sourire d'homme et ses brodequins miséreux. Il a regardé ses souliers à lui, l'écorché du dessus rafraîchi à la peinture noire, ses mains abîmées sur le bois du prie-Dieu. Il a regardé les deux cercueils. Il a regardé le drap blanc qui les couvrait ensemble. Il a fermé les yeux. Et puis il a pleuré. Il a baissé la tête et il a pleuré.

Il n'avait pas pleuré depuis la mort de Guillo, le vieux cheminot qui cachait la photo de Lénine dans son casier de fer. Il n'avait plus pleuré depuis l'enterrement de ce vieil homme épuisé, mort un lundi matin, assis dans son fauteuil neuf, deux jours après son départ en retraite. Les camarades avaient installé un haut-parleur sur une voiture suiveuse pour faire entendre *Le chant des marais*. C'est pour ça qu'il avait pleuré. Pour la musique tragique, pour les dos fatigués et les deux drapeaux rouges qui ouvraient le cortège. Pour le tout petit nombre qu'ils étaient devant la terre ouverte. Pour l'injustice, la colère, l'abandon. Pour le fauteuil que les copains lui avaient acheté comme cadeau d'à bientôt. Il connaissait à peine Guillo. Bonjour, bonsoir, assis sur le banc devant les casiers, à enlever leurs coutils de travail, à mettre leur écharpe, à relever leur col de veste avant la nuit. Il a pleuré parce qu'au moment du trou, il n'y avait qu'eux. Pas de femme, pas d'enfant, pas de tristesse autre qu'un chagrin de vestiaire. Il a pleuré en pensant à la solitude de Guillo, à leur solitude à tous. Il a pleuré en pensant à la terre qui s'ouvrira pour lui, et aux souliers boueux qui garniront le bord. Et puis la musique a cessé. Les hommes ont levé le poing comme on porte deux doigts à sa casquette. Les drapeaux ont été enroulés. Deux femmes du dépôt ont jeté une fleur dans la blessure de glaise. Ivan a caché les mains dans ses poches. Il a pleuré et il s'en est voulu. Il s'est senti trop faible. Il s'est imaginé les bourgeois moquant ses larmes. Il s'est dit qu'il était fier et fort. Qu'il aurait toujours la mâchoire serrée et les yeux secs. Qu'il n'aurait plus de sanglots à perdre. Il se l'est juré en rentrant des funérailles. Ne plus pleurer. Ni avec les copains, ni seul, ni jamais.

Ce mardi-là, Ivan a pourtant pleuré dans le chœur d'une église. Il a pleuré Fauvette et Étienne. Il a pleuré en tremblant son menton, ses yeux, ses joues fatiguées. Il s'est essuyé d'un revers de manche. Il a relevé la tête. Il a regardé dehors, au-delà du vitrail. Il a regardé le ciel de pluie. Il s'est perdu. Tout le monde était assis. Il est resté debout, le dos secoué et la tête basse.

En route pour le cimetière, derrière les voitures noires, Ivan a pris Madeleine par un bras, et Paradis par l'autre. Et Paradis a pris le bras de Blancheterre, et le jeune homme celui de Clara et Clara celui de Léo et Léo celui de Berthevin. Ivan était fier. Il était apaisé, chez lui, en chaîne humaine comme on marche à la grève, avec son peuple, le front haut et les lèvres serrées. Il y avait les deux corbillards au pas, il y avait le bosco juste derrière et seul, il y avait la foule des pleurs du village et cette ligne de deuil, qui marchait sans un mot, bras à bras, défiant la mort comme on avance vers un cordon de police. La mise en terre a été brève. Il pleuvait. Les cercueils sont descendus l'un après l'autre, retenus par des hommes en triste et des courroies salies. D'abord celui d'Étienne, qui repose à gauche dans une flaque de boue. Puis celui de Fauvette, à droite de son vieil homme comme ils dormaient au lit. Penché sur le trou, tous les autres à distance, le bosco a répandu un peu de terre de Groix sur le sapin mouillé. La veille au soir, sur la table aux coquelicots dans la presque obscurité, il avait ouvert la bourse en tissu que sa mère avait cousue avant de quitter leur île. Il avait versé la terre sur la toile cirée et l'avait séparée en deux, les deux dernières poignées de sol que Marie Pradon avait emmenées pour mémoire. La toute première fut pour elle, offerte en pluie par Étienne, courbé devant son trou de mort. La deuxième aussi. C'est petit bosco qui l'a jetée. Il a secoué sa paume au-dessus du cercueil, surpris par le bruit de grêle sur le bois, puis s'est essuyé les mains en les frottant très fort. La troisième poignée a été pour Étienne et aussi pour Fauvette. Le bosco l'a longuement tenue en main, serrée en motte d'argile. Puis il l'a morcelée et dispersée, bras tendu, les yeux secs.

Il n'y a pas eu de mots de trop devant la terre ouverte. Juste des baisers du bout des doigts et des regards blessés. Entraînant silencieusement Clara Berthevin, les sept de *Ker Ael* se sont rassemblés devant la tombe. Et puis ils ont quitté son seuil les uns après les autres. Le bosco est parti le dernier. Il avait la main dans la poche de son manteau. Il touchait la bourse vide. Il ne restait pas même une poignée de Bretagne, mais tout juste une pincée, quelques grains, presque rien de son sol. C'était pour lui. Ce serait pour après, pour plus tard, quand lui serait fini. En retournant au café, il a placé l'aumônière brodée à côté du buste de Milon de Crotone. Il l'a regardée un instant. Les autres se pressaient au comptoir en soufflant dans leurs mains. Madeleine avait préparé des sandwiches au pâté et au jambon.

— C'était bien, a dit Berthevin comme on ose une question.

Le bosco a hoché la tête. Il a sorti deux bouteilles de blanc et il a aligné huit verres sur le comptoir, parce que Clara était restée.

Fauvette est partie il y a dix mois, le samedi 21 novembre à quatre heures du matin. Elle était couchée seule dans leur grand lit à deux. Elle reposait comme ça, sur le dos, les mains jointes.

— Ne te mets pas en prière, la mort n'attend que ça, lui avait dit le bosco, en déliant ses doigts.

Elle avait souri. Il avait souri. Elle avait mal et il avait mal pour elle. Elle sentait tout son corps labouré. Il sentait tout son corps labouré. Étienne venait de s'endormir dans l'alcôve voisine. Il avait veillé sa femme deux jours et trois nuits. Il était sentinelle épuisée, inquiète de mauvais sommeil. Il avait demandé à son frère Lucien de prendre la relève. Il était quatre heures du matin. Les autres étaient partis. Léo avait laissé son vélo contre le mur de *Ker Ael*. Paradis avait embrassé Fauvette sur la joue. Madeleine avait pleuré dans le couloir. Blancheterre était resté figé, debout près de la porte. Ivan avait glissé son pouce sous son revers en disant qu'elle était bien plus vivante qu'eux tous réunis. Berthevin était venu le matin. Clara était venue le soir. Lucien Pradon était seul, au milieu de la nuit. Il avait rapproché son fauteuil de la tête de lit. Il ne sait pas comment. Jamais, il ne saura. Jamais non plus il ne pourra le dire, mais il savait. Il a su quand la mort est entrée dans la pièce. Il l'a sentie de loin. Ce n'était pas la charrette de l'Ankou, pas non plus la lumière blanche. C'était juste un instant froid, sans bruit, sans crainte, sans rien. La mort est entrée et le bosco savait. Il a eu froid, il a eu peur des autres, il a baissé les yeux pour lui laisser la place. Il n'a pas pu combattre. Personne ne peut. Elle est entrée, est allée droit au lit. Elle n'était pas en colère, pas fière, pas contente non plus. Elle faisait simplement son travail de mort et le bosco n'a rien pu. Il a vu les yeux de Fauvette. Il a lu la fin de son regard, il a senti le givre, le silence dans ses veines et son souffle de vie. Il a approché son fauteuil de la tête de lit. Il s'est penché. Il se savait trop tard. Fauvette n'était plus. Juste sa peau, ses lèvres bleues et ses cheveux rares. Il s'est levé. Il sentait encore la présence de mort. Il a hurlé, il a montré les poings, il s'est précipité contre la porte comme s'il pouvait barrer le passage. Il a pleuré Fauvette, il l'a pleurée longtemps, assis sur le sol, au milieu de la chambre, sentant que la mort n'en avait pas fini. Elle rôdait. Elle avait faim d'ici. Elle le frôlait. Il sentait son souffle gâté, ses cheveux rêches, l'humide de ses hardes. Il entendait son craquement dans le bois du parquet, son grognement, son grondement, il entendait comme une faible lumière. Il a rapproché son fauteuil. Il s'est penché sur Fauvette. Il a posé les lèvres sur sa joue. Il n'a rien pu. Il a mis la main sur son front, mais son front était mort. Il n'y avait plus rien d'elle. Alors il s'est laissé tomber, il a griffé la cloison pour prévenir Étienne et puis il est tombé, assis sur le sol, la tête entre les genoux.

Le bosco s'est endormi.

Il a dormi comme on meurt, tout triste de n'avoir pu survivre. Il a dormi longtemps. Il a dormi jusqu'au matin puis il s'est réveillé. Fauvette était grise. La pièce était retombée en silence. Le bosco s'est levé. Il est allé dans le couloir. Il a frappé à la porte de l'alcôve. Il espérait quand même la voix d'Étienne. Il a frappé longtemps. Il n'osait pas tourner la poignée, il a appelé son frère. Il est entré. Il s'est avancé vers le lit. Il a reculé. Il a eu froid. Elle était encore là. La mort était là, qui rôdait, qui n'était inquiète de rien. La mort était là, dans le papier peint, les rideaux, dans le bois des meubles, dans le coton des draps. Elle était apaisée. Elle regardait derrière. Elle s'en retournait chez elle, elle rentrait de moisson. Tout était mort avec. Dans la grande chambre, dans la petite chambre. Fauvette, Étienne, partis ensemble, comme ça.

Alors il a appelé le docteur Forge. Et aussi les gendarmes, pour leur dire qu'Étienne était mort aussi, qu'il en avait fini un peu avant son heure. Ils sont venus de Mayenne. Le lieutenant Mollier, le brigadier Pagan et la jeune Sophie, qui s'est présentée comme ça, par son prénom, main tendue. Lorsqu'ils sont entrés à *Ker Ael*, Le médecin signait les actes de décès. Forge a accompagné le brigadier et Sophie au chevet de Fauvette, puis il a mené le lieutenant à la chambre d'Étienne. Le bosco allait de l'une à l'autre. Il tremblait. Il demandait aux gendarmes de faire du bruit, de parler, de respirer fort. Il espérait que la veilleuse n'avait pas capturé les âmes pendant qu'il dormait. Il a couru au grenier. Dans l'escalier, il a ri. Il a ri fort, exprès, en cascade démente, pour être entendu de toute la maison. Il a ouvert la porte brutalement. La lampe brillait. Tout était naturel. L'ampoule ovale et torsadée scintillait dans l'obscurité. Elle était sur son socle de bois, en voile de poussière, inerte, sans autre vie que l'incandescence de son filament. Elle était opaque de verre, terne de cuivre, veilleuse de rien du tout. Mais le bosco s'en méfiait.

— Elle sommeille en attendant les âmes. Ne vous laissez pas prendre par sa flamme, expliquait Étienne aux enfants assis sur le sol de la bibliothèque.

Alors le bosco a parlé tout haut, tout seul, il a marché dans la pièce en frappant fort du pied. Il est redescendu. Il est entré dans le salon. Le docteur lui prescrivait une ordonnance. Il lui a dit qu'il fallait qu'il se repose, qu'il dorme, qu'il reprenne ses esprits.

— Ça va aller ? lui a demandé le lieutenant Mollier.

Le bosco a dit oui. Il a pris une chaise, s'est assis à la table aux coquelicots. Sa tête grondait. Il s'en voulait d'avoir crié à quatre heures du matin, d'avoir hurlé, d'avoir griffé le drame contre la cloison. Il s'en voulait de ne pas être allé voir Étienne, doucement et sans larmes, de ne pas l'avoir serré dans ses bras, de ne pas lui avoir parlé, de ne pas lui avoir appris la mort en frère, ses lèvres contre son oreille. De ne pas lui avoir demandé de renoncer. Il s'en voulait. Il observait les gendarmes l'observer. Il se sentait meurtrier.

— Vous êtes sûr que ça va aller ?

Oui, une fois encore, d'un mouvement de tête. Il regardait la toile cirée. Il lui fallait battre le rappel, très vite, maintenant, sans attendre. Dès le départ des uniformes. Il ne faut pas de veillée funèbre, pas de silence, pas de pleurs dans la maison. Il ne faut pas tirer la lampe de son sommeil. Lucien Pradon a signé quelque chose. Il n'a pas regardé. Un gendarme lui a mis la main sur l'épaule en lui disant qu'il n'y était pour rien. Que plus les personnes étaient âgées, plus ces gestes-là étaient imprévisibles. Que rien ne peut retenir un homme qui veut vraiment mourir. Le bosco écoutait. Il n'entendait pas. Il hochait la tête, il clignait des yeux. Il regardait l'ordonnance tendue par le docteur Forge. Il parlait de pilules à prendre, il disait aussi qu'il ne fallait pas faire de bêtises. La jeune Sophie était embarrassée. Le brigadier regardait la bibliothèque, comme s'ils hésitaient à partir. On lui a demandé si quelqu'un pouvait l'aider aux démarches. Il a hoché la tête. Il a dit qu'ils l'aideraient tous. Qu'il allait faire venir Léo, Berthevin, Ivan, Paradis, Madeleine et le jeune professeur Blancheterre. Il a dit qu'ils ne se quitteraient plus. Qu'ils vivraient là ensemble, peut-être, qu'il n'en savait trop rien. Il parlait les mains serrées contre son torse. Le médecin a pris deux cachets dans sa trousse. Il est allé à la cuisine, il a rempli un verre d'eau. Depuis le début du cancer de Fauvette, c'est lui qui la soignait. Il connaissait la maison, les livres, il l'aidait parfois dans ses mots fléchés.

— Bois, lui a dit le médecin.

Lucien Pradon a bu. C'était pour le tranquilliser. Pour lui faire desserrer les poings

— J'ai vu la mort, il a dit.

Le lieutenant avait remis son képi, il l'a enlevé de nouveau. Et le jeune brigadier a eu le même geste.

Et puis le bosco s'est tu. Il a plongé les yeux dans les coquelicots. Sous sa main, il y avait le journal ouvert de Fauvette, sa grille de mots entamée et son crayon à gomme.

— Nous y allons, a dit tout bas le lieutenant de Mayenne.

— Merci d'être venus, a répondu Lucien Pradon.

— C'est la loi, a murmuré le jeune brigadier.

Son chef l'a regardé d'un bond, en fronçant les sourcils.

— C'est notre devoir, a rectifié le vieux lieutenant.

Les gendarmes ont quitté la maison à dix heures. Puis le docteur Forge est parti à son tour. Alors le bosco s'est levé. Il a pris le grand cahier bleu, rangé entre l'album au timbre et le bougeoir au chat. Un cahier vierge, intact, qu'Étienne avait acheté quelques jours auparavant pour raconter Fauvette.

— Ce sera notre journal d'espoir, avait-il dit à sa femme.

Lucien Pradon a ouvert le cahier. Il a lissé la première page sous son poing fermé. Il a regardé le blanc du papier. Il a passé ses doigts sur le silence. Il a cherché autour de lui. Il a pris le crayon de Fauvette. Il a longuement observé les murs, la bibliothèque, les rideaux tirés, le petit coucou suisse. Il a fermé les yeux. Il a souri. Il a jeté sa tête en arrière et il a ri. Un peu pour la veilleuse, un peu pour lui seul. Il a décidé qu'Étienne et Fauvette continueraient de vivre. Il a décidé que Milon de Crotone venait d'entrer dans la pièce, que Fauvette était là, et Étienne aussi. Que tous avaient pris place autour des fleurs rouges. Il a décidé que le cancer n'avait pas assassiné Fauvette, que la douleur n'avait pas tué Étienne, que les loups n'avaient pas dévoré Milon. Il a décidé que la mort était repartie défaite, sans toucher au tilleul. Il a décidé que Fauvette et Étienne écriraient par sa main. Il a décidé qu'ils le guideraient. Il a décidé que leur journal vivrait après eux. Et puis il a ouvert les yeux. Tout était l'évidence. Il a pensé à Fauvette, à sa voix, à sa façon de tracer les lettres, à sa manière de recourber élégamment la jambe avant du *R*. Il a

penché la tête. Il a posé la mine sur le papier. Il a
hésité un peu, et puis il a écrit :

« *Samedi 21 novembre. 10 h 30. Lucien a passé la
nuit à nous veiller. Il dit qu'il va appeler tous nos
amis à l'aide. Il a l'air triste, mais il est fort. Il a fait
promesse que nos vies seraient préservées encore un
peu. Il a fait promesse que la lampe ne saurait rien de
notre mort. Il a fait promesse de la détruire quand le
temps sera venu et de sauver nos âmes prisonnières.
Ainsi aurons-nous vécu plus longtemps que la vie.* »

Lucien s'est relu. Une fois, dix fois. Il a trouvé ça
fou, et immense, et superbe. Il a ri ses larmes. Les
cachets, peut-être, l'émotion ou alors la fatigue, sa
tête tournait. Il a refermé le grand cahier bleu et l'a
rangé entre l'album au timbre et le bougeoir blanc.
Le lendemain, il a acheté un carnet noir à spirale
pour le bar. Pour que lui écrive aussi, pour que les
autres racontent avec leurs mots à eux, pour que
toutes ces voix se mêlent en écho et distraient la
lampe de son dessein. Il était chez lui, seul, à la
table de la cuisine. Il a ouvert le carnet et il a écrit :

« *Samedi 21 novembre. 10 h 30. J'ai passé la nuit
à Ker Ael. J'ai appelé tous nos amis à l'aide. Je suis
triste, mais fort. J'ai promis à Étienne et Fauvette
que leurs vies seront préservées encore un peu. J'ai
promis que la lampe ne saurait rien de leur mort. J'ai
promis de la détruire quand le temps serait venu, et
de sauver les âmes prisonnières. Ainsi, ils auront
vécu plus longtemps que la vie.* »

Pour les gens du bourg, Fauvette et Étienne sont partis ensemble, le samedi 21 novembre à quatre heures du matin. Tout avait été paisible. C'est tout. Certains ont murmuré qu'on ne meurt pas comme ça, pour rien, à deux dans son lit. D'autres ont dit que la vie avait bien fait les choses, et chacun en est resté là.

Ivan et la veilleuse

Blancheterre se lève. Il glisse, retombe lourdement. Léo se dresse et lui tend la main.

— Merci, j'avais une crampe, dit le jeune professeur.

Il essuie son pantalon.

Le bosco s'est levé aussi. Il tire les rideaux, pousse la fenêtre, ouvre les volets en grand et la porte en immense. Septembre fait soleil. La lumière hésite un instant sur le seuil, puis elle entre. Elle caresse. Elle scintille les vitres, les plinthes, les tommettes rouges du sol, les fleurs cirées, les livres et les visages. Madeleine passe une main dans ses cheveux, comme on sort de la grange surprise par le matin. Paradis essuie sa casquette d'un coup de coude. Ivan s'étire. Léo masse ses genoux en clignant des yeux.

Le bosco se retourne. Il a mis les poings dans ses poches. Jamais, le bosco ne cache ses poings. Il regarde les autres et il sourit.

— Paradis ?

Paradis lève la tête. Il était agenouillé. Il rentrait son pantalon dans ses bottes de travail.

— Je vais te confier une tâche pas facile, dit le bosco.

De sa main gauche, il lui tend une clef.

— C'est quoi ?

— Tu vas aller devant avec les autres et ouvrir le bar.

Paradis avance une main inquiète.

— Pour quoi faire ? il demande.

— Pour préparer le verre de promesse, répond le bosco.

— Et toi ? demande Léo.

— J'ai une dernière chose à faire, et je ferme la maison. Il faut que je sois un peu seul avec Étienne et Fauvette, dit Lucien Pradon.

— Ça se respecte, lâche Léo en se dirigeant vers la porte.

Blancheterre marche dans ses pas, et encore Berthevin, qui se gratte les joues à deux mains.

— Et la lampe ? demande encore Madeleine.

— Ça ira avec la lampe, répond le bosco en lui prenant le bras. Il l'entraîne vers la porte en tapotant sa main.

— Ça ira comment ?

— Ça ira.

— Étienne disait qu'elle lui prendrait son âme.

Le bosco secoue la tête. Il serre le bras fragile.

— Elle ne prendra rien. C'est une lampe. Ça ne prend rien, une lampe.

— Il ne faut pas confondre un conte pour enfants et la réalité, dit Léo en sortant dans la rue.

Le bosco lâche le bras de Madeleine. Il passe une

main sur son visage blanc. Il la regarde. Elle est belle d'eux tous réunis. Tour à tour, lorsqu'ils étaient enfants, Berthevin, le bosco, Léo, tous ont goûté aux lèvres de Madeleine. Elle se laissait faire comme on aime, sans regarder ailleurs, sans honte et sans regret.

— Tu m'aimes ? a demandé Madeleine quand elle avait quinze ans.

— Oui, a répondu Léo Mottier.

— Oui, a répondu Henri Berthevin.

— Oui, a répondu Lucien Pradon.

Le bosco jette ses bras en avant, comme on chasse une horde.

— Allez ! Ouste ! On se retrouve chez moi ! Paradis ?

— Bosco ?

— Ne prends pas le vin de soif qui est dans la porte du frigo. Prends l'autre, le bon que tu connais.

— Que je connais ?

— Que tu connais.

Paradis feint l'étonnement, puis il a le geste de celui qui renonce. Un matin qu'il gardait le café, il a caché une bouteille sous son gilet à poches. Il venait d'arriver au bourg. Il dormait encore à la chapelle. Il se réchauffait en buvant. Le bosco avait vu la bosse sous le tissu. Il avait eu le cœur serré.

— Je crois que Paradis t'emprunte de quoi dormir un bon bout de temps, avait dit Berthevin.

Et Lucien Pradon l'avait fait taire d'un regard de bosco.

Les voilà tous dehors, au soleil de septembre. Madeleine a pris le bras de Blancheterre. Léo pousse son vélo, Paradis boite à ses côtés. Il fait clinquer ses clefs. Il chantonne. Berthevin s'est installé dans son automobile

— Moi, je reste, dit Ivan.

Le bosco le regarde.

— Quoi, tu restes ?

— Pour la suite.

Le bosco regarde Ivan. Il a passé son pouce sous le revers de sa veste. Il a écarté les jambes. Il est au milieu de la pièce. Il occupe tout du lieu.

— La suite de quoi, Ivan ?

— Tu te souviens de ce que tu nous as dit il y a dix mois, quand on a commencé les visites ?

— Je crois, oui.

— Tu nous as dit qu'il fallait garder la maison impeccable pour pouvoir la vendre.

— J'ai dit ça ?

— Oui, tu l'as dit. Tu as dit que tu ne pouvais pas faire ça tout seul, et qu'il fallait que les amis t'aident. C'est ça que tu as dit, Bosco. Tu as dit que pour des acheteurs, la maison devait donner l'impression d'être encore habitée.

— J'en ai dit des choses, sourit Lucien Pradon.

— On n'a pas vu un acheteur, Bosco. Pas un en dix mois. Tu n'as jamais passé aucune annonce dans aucun journal.

Lucien Pradon observe l'escalier qui monte à l'étage.

— Tu veux que je te dise, Bosco ? Personne n'a jamais cru à ton histoire de vendeur, d'acheteur ou de je ne sais quoi, personne. Tu crois qu'on aurait fait tout ça pour un verre de vin et une connerie immobilière ?

Le bosco soupire. Il laisse aller son regard.

— Dès que tu as appelé les anciens, ils se sont souvenus de l'histoire de la lampe. Et quand Paradis est arrivé, et quand tu m'as demandé de vous rejoindre, tous les autres nous ont raconté le truc avec les âmes en disant que c'était sûrement ta vraie raison. Tu m'écoutes, Bosco ?

Il hoche la tête.

— Moi, je ne crois pas à cette histoire de lampe. Une lampe, c'est fait pour éclairer, un point c'est tout. Je ne crois pas non plus à vos histoires d'âme. Si on avait une âme, on marcherait droit. C'est pas ça le problème, Bosco. Je vais te dire où il est, le problème. Le problème c'est que croire ou pas, on s'en foutait. On s'en foutait parce que toi tu y croyais et c'était le principal. C'est pour toi qu'on a fait tout ça, Bosco. Et on ne s'est jamais posé de questions.

— Merci.

— Merci ? Tu parles. Tu nous as pris pour des cons.

— Je n'aurais pas dû.

— Pourquoi tu ne nous as pas dit la vérité ?

Lucien Pradon a croisé les bras. Sans le vouloir, il a reculé. Il est contre le mur. Il lève le menton et il observe Ivan. Son sourire a quitté la pièce. Il est tendu, silencieux et las.

— Tu imagines ? Je vous demande de vous asseoir en rond, je parle de la lampe et des âmes. Je vous dis qu'il faut aller à *Ker Ael* tous les jours pour faire vivre la maison. Pour ouvrir et fermer les portes, pour allumer l'électricité, pour dresser la table, pour marcher en faisant du bruit, pour lire des poésies, pour respirer et parler très fort pour que la lampe croie que mon frère n'est pas mort. Tu imagines ? Je dis à toi, à Paradis, aux nouveaux venus, qu'il y a au grenier une lampe magique qui se nourrit des âmes. Qu'il faut faire du bruit pour qu'elle ne soupçonne rien ? Tu imagines ?

— J'imagine très bien, oui. Parce que c'est exactement ce que l'on a fait pendant dix mois.

Le bosco ferme les yeux. Il met ses mains dans ses poches. Il regrette. Vraiment. Tout à l'heure, il parlera aux autres. Il s'excusera et il leur dira tout.

— Et maintenant ? demande Lucien Pradon.

— Et maintenant je reste avec toi.

— Pourquoi ?

— Pour être avec toi quand tu fermeras la porte.

— Et après on ira boire le verre ?

— Voilà, répond Ivan.

Lucien Pradon ferme les volets, la fenêtre, il tire les rideaux. Il s'approche du bougeoir au chat, prend l'album au timbre et le grand cahier bleu. Il referme le livre relié de cuir qu'il avait laissé ouvert.

ALFRED DE MUSSET
Lettres à Lamartine
& poésies nouvelles.
1836-1852

Il pose son petit fardeau sur le coin de la table.

— On monte au grenier, dit le bosco.

Il va devant, l'escalier, le couloir du haut, passe devant la chambre de Fauvette et Étienne. Il ouvre la porte, regarde le lit fait. Avec les volets fermés et les rideaux, l'obscurité est presque intacte. Ivan regarde à son tour. Tout est rangé, propre et net. L'armoire, la glace grise, le tapis froid, le couvre-lit tiré bord à bord comme dans un pensionnat.

— C'est Étienne qui a souhaité les visites ? demande Ivan.

— Non, il n'y est pour rien, dit le bosco en refermant la porte.

— C'est toi tout seul qui as eu l'idée, alors ?

Le bosco hoche la tête. Il gravit les marches du grenier. Ils arrivent au palier

— Tu as déjà vu la veilleuse ?

— Jamais, répond Ivan.

— Tu vas voir, elle est toute simple.

— Je vais voir.

Ivan n'est pas bien. Il est à l'aise dans le travail, des traverses dans les mains. Ou bien dans la bagarre, à jeter des boulons. Mais sur le bois grinçant, il se sent faible et seul comme dans un chœur d'église.

Lucien Pradon ouvre la porte, il passe la tête, il observe la lucarne ronde et la lampe marine. Elle scintille faiblement, elle consume le temps. Dans le soleil voilé, elle n'éclaire que sa paroi de verre.

— Voilà, dit le bosco.

— Une lampe bricolée.

— Si tu veux, oui.

Le bosco s'approche. Il fait un jour d'après-midi. Il arrive à la fenêtre ronde. Il regarde les arbres, le plat du pays, l'ouest qui se devine, le soleil qui descend vers la mer de son père. Il s'age-nouille. Il débranche le fil électrique. La lampe s'éteint comme s'éteint une lampe. Sans musique derrière, sans tambour, sans drame de rien.

— Voilà une bonne chose de faite, dit Ivan.

Le bosco ne répond pas. Il enroule le fil autour du cap-de-mouton qui compose le socle.

— Tu vas la jeter ?

— Je ne sais pas.

— Étienne t'a dit d'en faire quoi ?

— Il m'a dit qu'après sa mort, il laisserait la veil-leuse prendre son âme. Que c'était pour lui le moyen de rejoindre celles de nos parents. Et aussi qu'il n'avait pas peur parce qu'une âme, même brûlée, ça ne meurt pas.

Ivan sourit.

— Et puis ?

— Et puis je lui ai promis que je les délivrerai.

— Comment ?

— J'ai promis de casser la lampe.

— C'était quand tu étais gamin ?

— Oui, on n'a jamais reparlé de ça depuis. Je ne sais même pas s'il se souvenait de cette histoire.

Le bosco se penche contre la lucarne. Il regarde les grands arbres et les nuages de pluie.

— À ta place, je la casserais, dit Ivan.

Lucien Pradon hausse les épaules. Il ne sait pas. Sans un mot, il pose la main sur la vitre fraîche. Il dit au revoir à ce coin de ciel. Puis tourne rapidement le dos à la fenêtre et descend les escaliers. Ivan ne le suit pas tout de suite. Il traîne un peu. Jamais il n'était monté dans ce grenier. Il aime l'odeur du temps. Il regarde le dehors, le dedans, les cartons piqués d'humide, les malles en osier, tout cet hier recouvert de silence.

— Ivan ? appelle le bosco.

Il a la voix pâle.

Ivan sort du grenier, referme la porte et rejoint Lucien Pradon au salon. Le bosco est debout au milieu de la pièce. Il est livide. Dans un bras, il porte la veilleuse de cuivre, couchée comme un enfant, sous l'autre, le cahier bleu, le carnet au timbre et le livre vert.

— Putain ! dit Ivan.

L'ampoule s'est rallumée. Elle n'est pas lumineuse, pas éclairée, pas vive. Juste, quelque chose d'ardent vient se cogner au verre. Un fil incandescent, un éclair miniature, un rien qui se débat, comme un vif au moment de l'hameçon.

— Pose ça, murmure Ivan.

Le bosco ne peut pas. Il est tête basse, il fixe le filament affolé.

— Pose la lampe sur la table, répète Ivan.

Un instant, il a espéré que le bosco avait re-
branché la veilleuse. Que c'était une plaisanterie
mauvaise. Il regarde le socle, le fil enroulé, la prise
soigneusement passée sous le cordon.

— S'il te plaît, pose ça, chuchote encore Ivan.

Le bosco lève un bras. Le livre tombe, l'album, le
cahier. L'ampoule s'éteint, comme inquiète du
bruit soudain, puis le fil de lumière s'en revient
cogner à la paroi de verre.

Lucien Pradon prend la veilleuse à deux mains et
la pose sur les coquelicots. Il recule. Il marche vers
le mur.

Ivan pousse une chaise du pied. Il secoue la tête.
Il répète *putain*, les bras le long du corps. L'ampoule grésille. Il la regarde. C'est tout. Il ne respire
pas, il ne cligne plus des yeux, il ne bouge aucun
mot en tête, il regarde et se tait. Il regarde le filament lumineux. Il penche la tête. On dirait que
l'étincelle cherche à sortir du verre.

— Tu crois que c'est ça, Bosco ?

Il lève les yeux.

— Quoi ?

— Une âme ? Tu crois que c'est ça, une âme ?

Lucien Pradon hausse les épaules. Il ne sait pas.
Il laisse entrer le silence. Il inspire en fermant les
yeux.

Ivan le regarde, secoue la tête, s'approche de la
table et pose les mains sur le socle de bois

— Ne touche pas, murmure le bosco.

Ivan n'écoute pas. Il prend délicatement la lampe
et la lève à hauteur de ses yeux. Il l'approche de son

visage. Il ne sent ni chaleur, ni odeur, ni rien. L'étincelle est blanche, puis bleue, elle paraît terrifiée.

— Elle a mal, dit Ivan.

Il n'a pas peur. Il ne tremble pas. Il sent sous ses doigts que la lampe frissonne. Bras tendus, il tend la veilleuse à Lucien Pradon.

— Tiens, Bosco.

— Je fais quoi ?

— C'est toi qui sais. Personne ne sait, sauf toi.

Le bosco hésite un instant. Il prend la lampe. Il la regarde, tête penchée. Il n'a plus peur non plus. Il n'est même pas inquiet. Il sent ce frémissant. Il regarde ce feu étrange, c'est tout. Il sait ce qu'il doit faire. Ivan le lui a dit. Il sait. Il se lève, tourne le dos à la table et retourne à l'escalier.

— Tu viens ?

Ivan le regarde, sourit et lève la main.

— Je te laisse avec eux, dit-il. J'attends dans le jardin.

Le bosco a le cœur serré. Il regarde Ivan ramasser le livre vert, l'album au timbre et le grand cahier bleu. Il le regarde qui ouvre la porte, qui respire septembre dans la lumière grise, qui referme la porte et qui le laisse là.

Et puis il monte les marches. Il tient la lampe devant, comme un cierge de Pâques. Il passe dans le couloir. Il entre dans le sombre et le froid de la chambre à coucher. Il s'assied sur le rebord du lit.

Fauvette sommeille à droite, Étienne s'endort à gauche. Ils ont renoncé aux murmures au salon. Il y a eu la voix d'Ivan, puis les pas du bosco remontant l'escalier. Puis son poids sur le rebord du lit. Fauvette respire faiblement. Étienne retient son souffle. Le bosco se lève. Il sort de la chambre. Il referme la porte au ralenti, comme celle d'un enfant malade. Il monte au grenier. Le bois qui grince, son souffle. Fauvette. Étienne. Lucien Pradon les sait le suivant pas à pas. Il sent leurs mains sur ses épaules. Et la main de sa mère, et celle du grand marin. Et d'autres mains encore, qui le portent, le soutiennent et l'emmènent, et le guident.

Le bosco ouvre la lucarne du grenier. Il ferme les yeux. Il respire l'humide. Il sent dans ses cheveux comme trois doigts de vent frais. Il regarde vers l'ouest. Il regarde les toits, les arbres, le ciel qui traîne. Il n'a jamais pensé qu'on pouvait aussi regarder le silence, qu'on pouvait voir le calme et la paix comme on regarde un lac. Il tient la veilleuse devant lui, à bout de bras. Il la présente au ciel. L'ampoule grésille. La clarté se tord comme un feu tourmenté. Il lève le socle de bois, l'embrasse, tend les bras au-dessus du vide et ferme les yeux.

— À vous, dit-il en lâchant la veilleuse.

Et puis il reste là. Bras tendus, les yeux clos, les mains vides. Et puis il reste là, dans le silence gris. Et puis il reste là, écoutant battre le cœur du vieux tilleul. Et puis il reste là, attendant un bruit de verre brisé qui ne viendra jamais.

L'aveu et le poème

Le bosco enlève l'affichette « *fermé pour cause de deuil* » qu'il avait collée sur la vitre de son café. Ivan pousse la poignée de cuivre. Les deux hommes sont pâles.

— Ah ! Quand même, dit Berthevin.

Le patron ferme la porte derrière eux. Il met le verrou.

— Ça a fait quoi de fermer *Ker Ael* ?

Léo se tourne vers Lucien Pradon. Tout à l'heure, au moment de mettre la clef dans la serrure, le bosco a eu le dos secoué. Il n'est pas allé voir où s'était brisée la lampe, ni même si elle était tombée, ni même si elle était là, quelque part dans l'herbe, sur le gravier. Ou si jamais elle avait existé. Il n'est pas allé dans la vieille remise aux effraies. Il est descendu du grenier comme on se hâte en ville, il a traversé le salon, n'a regardé ni l'horloge arrêtée, ni les livres, ni les fleurs rouges de la toile cirée. Il a refermé le journal de Fauvette, et puis il est sorti. Au bruit de la clef qui tournait son adieu, il a eu le cœur gelé. Du bout des doigts, il a poussé la cloche de cuivre, il a posé sa main sur le bois du vieux tilleul, il a poussé la grille blanche et il a rejoint Ivan dans la rue.

— Ça fait ça de fermer la porte, dit-il. Il fait mine de prendre son cœur au poing et le serre.

Il regarde la salle.

Paradis est passé derrière le bar. Une deuxième bouteille est largement entamée. Le jeune professeur boit une menthe à l'eau. Madeleine s'est fait un thé. Tout le monde est au comptoir. Ivan s'approche de Paradis. Il a sorti deux verres. Il sert le vin rouge en tremblant un peu.

— On va s'asseoir au fond, propose le bosco. J'ai à vous parler.

Aidé par l'Andouille, Léo pousse quatre tables rondes, les dispose en demi-cercle et installe des chaises. Ivan s'assied à califourchon et pose ses bras sur le dossier. Le professeur racle un tabouret sur le sol.

— Paradis ?

— Je peux pas rester derrière le bar ?

Le bosco hoche la tête. Il reste debout, attendant que les conversations cessent. Les yeux sont brillants de vin.

— Je voulais vous remercier, m'excuser et me confesser, dit le bosco.

L'Andouille a un petit rire nerveux

— Te confesser ?

— Laisse-moi parler.

Le bosco reprend.

— D'abord, merci à tous. Merci d'avoir été là

pour Étienne, pour Fauvette et pour moi. Merci de m'avoir suivi les yeux fermés.

— Les yeux ouverts, sourit Léo.

— Je sais que vous n'avez jamais été dupes des vraies raisons des visites. Je voulais aussi m'excuser de vous avoir menti.

Quelque chose d'inquiet brouille son regard.

— J'avais gardé cette histoire de lampe avec moi depuis la mort de mon frère. Je n'ai jamais su si j'y croyais vraiment ou pas. Je me suis dit que si ce n'était pas un moyen de sauver leur âme, ce serait quand même une manière de les garder un peu avec nous.

Silence.

Le bosco regarde ses mains. Il les frotte un instant et les porte à ses lèvres. Il inspire fort.

— J'ai tué Étienne, dit Lucien Pradon.

Silence.

Il regarde chaque regard, il va de l'une à l'un comme on demande au ciel. Il ne rencontre rien. Pas de surprise, pas de colère, rien que les mêmes, encore, assis, qui le regardent. Il vient de dire qu'il a tué son frère et le silence lui répond qu'ils savaient. Ou que peu importe. Ou que tant pis pour nous. Ou que rien. Il les regarde tous. Il les observe. Jamais il n'aurait cru que ce serait comme ça. Que Léo se gratterait le nez derrière la main, que Madeleine le regarderait avec son sourire à l'œil, qu'Ivan ne le jugerait pas.

— Et donc ? demande Paradis.

— Lorsque Fauvette a commencé à aller très mal,

lorsque nous savions qu'elle partirait vite, lorsqu'elle a voulu quitter l'hôpital et rentrer à *Ker Ael* pour mourir, Étienne m'a dit qu'il ne voulait pas lui survivre.

<center>**</center>

C'était un dimanche d'automne, l'un des premiers. Il y avait encore des marrons écrasés sur le chemin de rive et aussi des glands de chêne noircis sur les bas-côtés. Fauvette était couchée à l'étage. C'était l'heure de la toilette et des soins. Deux fois par semaine, le bosco venait faire quelques pas avec Étienne. Les deux frères quittaient la maison lorsque l'infirmière sonnait à la porte. Quand ils marchaient, ils n'allaient pas en direction du haut bourg, mais aux portes du village. Ils dépassaient la clôture de Léo, longeaient l'étang et revenaient par la forêt.

— Fauvette va mourir bientôt, a dit Étienne.

Il a dit ça comme ça. Sans voix.

— Et moi, je ne veux pas aller plus loin sans elle.

Le grand frère s'est arrêté. Il s'est penché. Il a pris une branche tombée et a continué sa marche.

— Tu as entendu, petit bosco ?

Lucien a hoché la tête.

— Tu sais ce que cela veut dire ?

— Je crois, oui.

— Je ne vivrais pas seul, Lucien. Le matin de sa mort, je ne pourrais pas me relever.

— Et moi, je ne compte pas ? demande le bosco.

Étienne l'a regardé. S'est arrêté, s'est approché, a posé ses mains sur ses joues.

— Toi, tu es encore jeune.

Il a serré son petit frère dans ses bras. Klaxon. C'est Berthevin qui passait en voiture sur la route. L'Andouille a agité une main. Étienne a répondu d'un geste du menton.

— Tu es mon frère, toi. Tu es mon gamin. Tu es tout ce que j'ai protégé toute ma vie.

— Et alors quoi ?

— Et alors on ne va pas s'installer ensemble, non ?

— Je pourrais te voir souvent.

— Ça changera quoi à l'absence de Fauvette ? Tu comprends ça ? Je ne pourrai pas sans elle, je ne pourrai rien. Tu comprends ?

Les deux hommes se sont remis en marche. Étienne frappait le sol à coups de branche. Lucien avançait, bras croisés dans le dos.

— Tu vas faire quoi ? Te laisser mourir ? demande le bosco.

— Non, je vais accélérer, répond Étienne.

— Tu ne vas pas te suicider ?

— Quel vilain mot.

— Tu en as un autre ?

— En finir ? Partir ? Choisir ? Tu veux lequel ?

— Tu n'aurais jamais dû me dire ça, Étienne.

— Je suis bien obligé, a répondu son frère.

— Pourquoi ?

— Parce que tu vas m'aider.

⁂

Le bosco retourne à la vitrine. Il regarde dehors, le soir qui grisaille.

— Tu vas m'aider, a dit Étienne. Et il m'a demandé de lui préparer quelque chose qu'il pourrait boire et qui le tuerait.

— Pourquoi il ne l'a pas fait lui ? demande Paradis.

Il soulève la tablette du bar et vient rejoindre les tables.

— Parce qu'il ne s'en sentait pas le courage, parce que Fauvette était toujours vivante.

— Et tu l'as fait ? demande Madeleine.

Elle a sorti un mouchoir de sa manche.

— Oui. J'ai demandé conseil et j'ai mélangé des barbituriques à son jus de raisin. J'ai écrasé les cachets. J'en ai mis beaucoup. Étienne m'a remercié. Il a cacheté le verre avec du papier aluminium et un élastique et il l'a posé sur sa table de nuit.

— Si Fauvette meurt quand je dors, tape contre la cloison, laisse-moi et ne viens que le lendemain, m'avait dit Étienne.

— Et c'est ce que tu as fait, murmure Madeleine.

— C'est ce que j'ai fait, lui répond Lucien Pradon.

— Pourquoi tu nous dis ça, Bosco ? demande Ivan.

— Parce que j'en ai besoin. Grâce à vous, grâce à vos visites, quand je venais à *Ker Ael* le samedi soir, j'avais l'impression qu'ils étaient là. J'écoutais leur silence à l'étage. Je regardais les fleurs dans les vases. À la cuisine, il traînait toujours des petites traces de vie. Parfois, il y avait même une lampe allumée, une porte entrouverte, un volet mal fermé. Je regardais les mots fléchés de Fauvette. Je retrouvais le timbre de mon frère. Tout était en ordre, tout était vivant. Pendant dix mois et malgré moi, c'est vous qui avez maintenu Fauvette et Étienne en vie. C'est de cela que je voulais vous remercier.

— Bosco... commence l'Andouille.

— J'ai tué mon frère, Berthevin. Il était d'accord, il me l'a fait promettre le jour où tu nous as croisés sur la route, en voiture. Il me l'a demandé, d'accord ? Il fallait que je vous le dise, c'est tout. Maintenant, vous faites ce que vous voulez.

— C'est-à-dire ? demande Léo.

— J'ai tué mon frère, répète le bosco.

— Et alors ? Tu ne veux pas qu'on appelle les gendarmes, non ?

— Maintenant, vous savez, et c'est tout, répond-il.

Et puis il va au comptoir. Il prend le verre plein que Paradis lui a servi. Madeleine se lève.

— Sers-nous la même chose, dit-elle en venant au bar.

Le bosco soulève la tablette de bois et prend sa place à côté des bouteilles.

Léo les rejoint. Berthevin vient avec son verre vide. Ivan se mouche. Paradis enlève sa casquette de chasse, hésite, la regarde un instant et la remet.

— Prof ? interroge le bosco.

— Comme les autres, répond Blancheterre.

— Ça tombe bien, j'ai un service à te demander, petit, et je pense qu'un peu de vin t'aidera.

— Un service ?

— On trinque, d'abord.

Les voilà tous ensemble, devant le comptoir et le bosco derrière. Paradis du lundi, qui ouvrait les portes et remontait la petite horloge suisse. Léo du mardi, qui faisait sonner la cloche pour leur dire sa visite. Berthevin du mercredi, celui qui allumait et éteignait les lampes dans la maison. Madeleine du jeudi, qui dressait la table du souper, qui disposait les fleurs, qui laissait l'eau couler dans les éviers et chassait la poussière. Ivan du samedi, qui tirait les rideaux, qui ouvrait les fenêtres, les volets, qui a fait rentrer la lumière d'automne, puis la lumière d'hiver, puis celle du printemps, puis le soleil d'été. Jeune Blancheterre du dimanche, qui ouvrait les livres, qui lisait à voix belle, qui ramassait dans la remise les traces laissées par ses effraies.

— À Fauvette ! sourit le bosco.

— À Fauvette !

— À Étienne !

— À Étienne !

— À *Ker Ael* !

— À *Ker Ael* !

— À toi, camarade Bosco ! dit Ivan, le verre haut.

— Au bosco ! répondent tous les autres.

Ils boivent d'un coup, les yeux mouillés, tout solides et tout fiers.

Lucien Pradon sert encore. Il remplit chaque verre au plus haut.

— Prof ? interroge le bosco.

— Oui ?

— Prends le livre que j'ai posé sur la table, là-bas, dit-il en servant Madeleine.

ALFRED DE MUSSET
Lettres à Lamartine
& poésies nouvelles.
1836-1852

— Voilà.

— J'ai corné une page.

— Oui.

Tous les verres sont pleins. Ivan tourne le dos au comptoir. Les coudes sur le bar, il regarde la bourse de terre de Groix, le buste de Milon, puis le jeune Blancheterre, son livre en main.

— J'avais laissé ce livre ouvert sur la table du salon, en espérant que Fauvette et Étienne le liraient, mais aussi que vous le liriez chacun votre tour quand vous iriez à *Ker Ael.* Et puis, bon, ça ne s'est pas fait, on n'a pas eu le temps, mais je voudrais quand même que vous entendiez ces quelques lignes.

Blancheterre s'éclaircit la gorge, inspire fort. Il baisse la tête, les yeux. Il lit.

Et marchant à la mort...

— Dis-nous qui a écrit ça, quand même ! coupe le bosco.

— Pardon. C'est une poésie d'Alfred de Musset.

— Il est assez connu, dit Paradis en remettant sa casquette.

— Assez, oui, lui répond l'Andouille.

— Je peux continuer ? demande timidement Blancheterre.

Le bosco lui fait un signe. Et puis il se reprend.

— Attendez. Je vous propose une chose. Le prof va lire ça comme il lisait les poèmes à Fauvette et comme Fauvette lisait les poèmes à ses élèves, d'accord ? Et après, je fermerai le bar. Ceux qui veulent finiront leur verre, mais on n'est pas non plus obligés. Je vais ouvrir la porte maintenant, je vais la laisser ouverte, d'accord ? J'ai juste envie qu'on écoute ça, et puis rien d'autre. On a beaucoup parlé aujourd'hui. On reparlera demain, mais maintenant, c'est le soir. C'est l'heure du silence.

Le bosco va à la vitrine. Il tire le verrou et entrouvre la porte. Et puis il reste là, sur le seuil, en homme qui raccompagne un ami. Il regarde la paix. Tous ces visages. Il ferme les yeux.

— On y va prof ?

Blancheterre hoche la tête. Il avait fermé le livre vert en laissant son doigt dedans. Il l'ouvre. Il ne lit pas. Il a lu et il sait. Il regarde le Bosco, puis s'attarde dans les yeux de chacun. Il referme le livre. Il le tient à deux mains, comme un coffret précieux. Il penche la tête. Il récite.

> *Et marchant à la mort il meurt à chaque pas.*
> *Il meurt dans ses amis, dans son fils, dans son père.*
> *Il meurt dans ce qu'il pleure et dans ce qu'il espère*
> *Et sans parler des corps qu'il faut ensevelir*
> *Qu'est-ce donc oublier, si ce n'est pas mourir.*

Et puis, ils s'en vont.

Table

Sorj Chalandon
dans Le Livre de Poche

Le Petit Bonzi   n° 30851

Jacques Rougeron a douze ans. Un soir d'automne, au pied de son immeuble, il croit avoir enfin trouvé le moyen de guérir. Jacques Rougeron est bègue. Il voudrait parler aussi vite, aussi bien, que Bonzi et tous les autres. Bonzi, c'est son ami, son frère, c'est lui, presque. Bonzi le soutient. Ils n'ont que quelques jours. C'est leur secret.

Composition réalisée par FACOMPO (Lisieux)

Achevé d'imprimer en juin 2008 en Espagne par
LITOGRAFIA ROSÉS S.A.
Gava (08850)
Dépôt légal 1ʳᵉ publication : janvier 2008
Édition 04-juin 2008
LIBRAIRIE GÉNÉRALE FRANÇAISE – 31, rue de Fleurus – 75278 Paris Cedex 06

31/2114/2